插图本中国古典文学丛书

骈文

陈虎／主编
邓瑞全　孟祥静／著

河北出版传媒集团
河北教育出版社

图书在版编目（CIP）数据

骈文 / 邓瑞全，孟祥静著 ；陈虎主编．-- 石家庄 ：河北教育出版社，2022.3
（插图本中国古典文学丛书）
ISBN 978-7-5545-6945-0

Ⅰ．①骈… Ⅱ．①邓… ②孟… ③陈… Ⅲ．①骈文－文学研究－中国－古代 Ⅳ．①I207.22

中国版本图书馆 CIP 数据核字（2022）第 022386 号

书　　名　骈　文
　　　　　PIANWEN
主　　编　陈　虎
作　　者　邓瑞全　孟祥静

策　　划　刘贵廷　王书华
责任编辑　刘书芳
装帧设计　郝　旭
出　　版　河北出版传媒集团
　　　　　河北教育出版社　http://www.hbep.com
　　　　　（石家庄市联盟路705号，050061）
印　　制　保定华升印刷有限公司
开　　本　880毫米×1230毫米　1/32
印　　张　7.125
字　　数　135千字
版　　次　2022年3月第1版
印　　次　2022年3月第1次印刷
书　　号　ISBN 978-7-5545-6945-0
定　　价　38.00元

总　序

汉字是世界上最古老、最悠久的一种语言文字，也是世界文明园地中表现力最丰富的一种交流工具。用这种最富表现力的工具作为载体的中国古代文学，也就必然具有与世界其他文学样式所不同的思想、艺术特征。由于中国社会是带着强烈的人文、理性色彩进入阶级社会的，所以在此土壤中生长出来的各种文化因素都无一例外地带有其鲜明的本质特征。中国的古代文学也不例外，她作为世界上最悠久的文学样式之一，带着鲜明的人文色彩和理性精神，经历了三千多年的持续发展历程，以其辉煌的成就，已成为中国传统文化中一支散发着奇异馨香的奇葩，成为全人类文化遗产中的艺术瑰宝。

产生于浓厚人文、理性色彩这一肥沃土壤中的中国古代文学，极为重视文学作品的思想性，强调文以载道的教化作用，所以在内容上偏重于政治和伦理道德主题。将文学视为政治的附庸和说教，一直被当作一种无可非议的价值倾向。所以，君臣的遇合、民生的苦乐、宦海的浮沉、战争的胜败、国家的兴亡、人生的聚散、纲常的序乱、伦理的向背等，一直是中国古代文学的主旋律，无论是诗歌、散文、小说还是戏曲，大都如此。这一方面使得中国古代文学蕴涵着浓郁的政治热情、进取精神和社会使命感，另一方面又强烈地抑制了古代文人自我情欲的释放、自由个性的迸发以及自我意识的开掘，尤其是“存天理、灭人欲”的社会观念的束缚，使中国古代文学完全被笼罩在了理性主义的烟霭之中。从春秋战国时期如处子、名媛般的《诗经》《楚辞》，汉魏六朝的丰碑巨制，唐诗、宋词的不朽咏唱，悲怆倾诉的元曲，一直到明清时期的人生画卷，无不表现了先哲先贤们对社会、对国家、对民族的激越情怀，以及对宇宙世界的无限期待，从中透露着千古风流人物的奋斗历程，以生动而具象的形式体现了中国文化的基本精神和中华民族的文化心理特征，广泛而深刻地反映着中国传统文化其他部分的内容，使人们深切地领略到了中华民族文化的博大久远。这是我们中华民族的骄傲，更是我们民族赖以凝聚、发展、强盛的巨大能源所在。

作为中国传统文化中最重要、最具活力的组成部分，中国古代文学又生动而深刻地体现着中国文化的基本精神，对现代中国乃至世界文明的发展都产生了广泛而深远的影响。唐诗、宋词中的名篇警句至今脍炙人口，元杂剧、明清小说中的故事、人物至今家喻户晓，其中所蕴涵的审美功能和认识功能历久弥新。因此，中国古代文学作为中国传统文化中最容易为现代人理解、接受的一种文化形态，是现代人与传统文化之间实现沟通的最直接的桥梁，也是世界其他文化背景下的人们了解中国文化的最佳窗口。

在科学技术迅猛发展的当代社会，人们的生活、观念正发生着巨大而深刻的变革，面对纷至沓来的现代科技和汹涌而至的各种思潮，人们仍能深切地感受到中国传统文化无所不在的巨大力量。人们渴望了解这种无形的力源，于是，绚丽多姿的中国古代文学就成了人们首要的注目之所。但由于各种原因所致，以往有关中国古代文学的诸多著作物，基本上都是写给那些从事专业研究者的，其中承载了过于厚重的道德和伦理内涵，因而理论性太强，显得生硬枯燥，将文学史上生动活泼、充满人间喜怒哀乐的鲜活笼罩在了黑厚的布幕之下。通过这些厚重的学术著作，人们根本无法了解鲜活、丰润的中国古代文学。而那些林林总总的古代诗、文选译本，又显得过于割裂和琐碎，读者很难从中领略中国古代文学活脱的发展脉络。因此可以说，目前社会上很难找到适合于普通读者需要的有关中国古代文学的趣味性读物，于是我们策划了这套《插图本中国古典文学丛书》。丛书共十本，是面向具有中等以上文化程度的读者介绍中国古代文学基本知识的图文并茂的大众普及性读物，主要内容包括按照历史发展线索，介绍中国古代文学体裁方面的基本知识，以及相关作家、作品对其产生的影响等，基本涵盖了传统学术话语里中国古代文学中最精彩、最具吸引力而又最为人们喜闻乐见的内容。

陈虎

2021年6月

目　录

壹

骈文概说

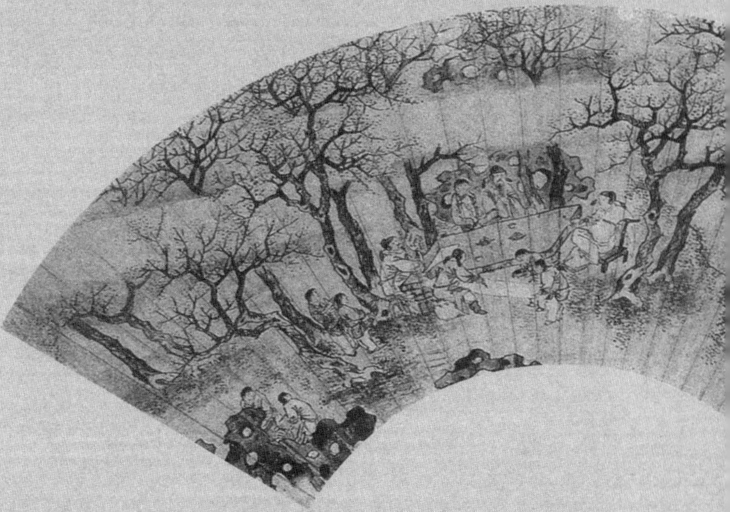

（一）骈文之名

骈文，也就是骈体文的简称。从骈体文这一名称可以看出，骈文是一种文体。骈文在不同时期有不同的名称，如今文、今体、六朝文、骈俪或骈俪体、骈偶、骈语、俪语、俪体、四六文、律语、俳语等。那么到底什么是骈文？骈文该如何界定和区分？

莫道才先生在《骈文名称的演变和骈文的界说》一文中简明扼要地说明了这些问题。从文体特征上讲，骈文是从古代文学中的一种修辞手法逐渐发展形成的特殊文体，是从修辞学角度划分的散文分类概念，是与散体文相区别的一种不同的表达方式，它可以在其他体裁中交叉涵盖。从本质上说，骈文基本是由对偶的文辞组成，也就是两两相对的文句，即对仗。至于用典、声韵、藻饰，虽然也是骈文的重要艺术特点，可以使骈文的形式更为完美，但它们只是骈文极盛时期的特征，作为判断骈文的依据，只能是从属的条件。判断一篇文章是否为骈文，应从其本质特征出发，即是否基本由对偶的文辞组成。那么何谓对偶的文辞？莫先生给出了四点依据：一是字数的基本对等，二是意义的基本对举，三是词性的基本对称，四是结构的基本对应。

骈文之名出现于何时？姜书阁先生在《骈文史论》中认

为，最早见于唐人柳宗元的《乞巧文》："骈四俪六，锦心绣口。"而尹恭弘先生在《骈文》中则指出，运用"骈文""骈体"指称这种文体，到清朝才兴盛起来。莫道才先生也认为骈文是出现在清代，在《骈文通论》中他这样写道："作为比较规范的名称，'骈文'也是最早出现在清代。……由于'骈文'在众多名称中最为简明，最能反映其文体的特性，所以，自民国以后，逐渐取得了正式的地位。"奚彤云女士在《中国古代骈文批评史稿》中认为，是清代的袁枚在《胡稚威骈体文序》中正式提出以"骈文""骈体"取代"四六"之称，而且这一倡议直到民国才被普遍接受。但是从清人的书名可以看出，"骈文""骈体"在清代已经被普遍运用，如曾燠的《国朝骈体正宗》、陈均的《唐骈体文钞》、姚燮的《皇朝骈文类苑》、张鸣珂的《国朝骈体正宗续编》、王先谦的《骈文类纂》、屠寄的《国朝常州骈体文录》等。由上述各家观点可见，骈文这种文体出现虽早，但广泛使用骈文这一名称应该是在清代。

骈文在发展的不同时期分别有其主要的名称，也各有其特定的含义。

"今文""今体"主要是六朝时期对骈文的称呼。当时骈文已发展得相当成熟，而且被普遍接受。如果那时的文人不会作骈文，就如同现在的年轻人不会使用手机、电脑一样，是跟不上潮流，很落伍的。所以，在当时提起今文或今体，大家就知道是指这种追求对偶的"时尚"文体，因此，六朝时期无须

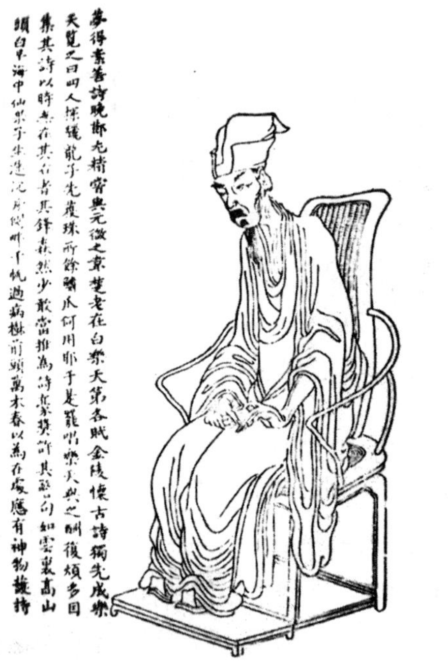

◎ 刘禹锡

再为这一文体取个新名称。从当时的文献记载亦可以看出，今体或今文在当时是通用的。如南朝梁简文帝《与湘东王论文书》：“吾既拙于为文，不敢轻有掎摭，但以当世之作，历方古之才人，远则扬、马、曹、王，近则潘、陆、颜、谢，而观其遣辞用心，了不相似。若以今文为是，则古文为非，若昔贤可称，则今体宜弃。俱为盍各，则未之敢许。”可见，以今文、今体称骈文在当时已得到普遍认同。这一名称直到唐代仍然使用，如“禹锡精于古文，善五言诗，今体文章复多才丽”（《旧唐书》卷一六〇）。古文运动兴起后，今文、今体的名称能很好地体现出骈文与古文的不同，所以，这一名称也仍在使用。

骈文自产生到兴盛一直被称为今文或今体，直到柳宗元用“骈四俪六”形容骈文之后，“骈俪”才成为骈文的第一个正式的专有名称，之后又有人称之为“骈偶”“骈语”“俪语”

等。柳宗元为何以“骈俪”来称骈文呢？“骈”字在《说文》里的解释为：“骈，驾二马也，从马并声。”驾二马，也就是二马并排驾车，引申开来就是对偶的意思，这是对骈文的最直观、形象的描述。那么“俪”是什么意思呢？《广雅·释诂》：“俪，耦也。”《古汉语常用字字典》对“俪”“丽”的解释都是成对、成双的意思：对于“丽”则引用刘勰《文心雕龙·丽辞》的“丽辞之体，凡有四对”作注解，并进一步解释为词句对偶的文体，共有四种对偶的方法；对于“俪”则以刘知几《史通·杂说下》的“对语俪辞，盛行于俗”来解说。这样，“骈”“俪”“丽”都有对偶的意思，也就是说骈偶、骈语、俪语、骈俪、骈丽等名称，都反映了骈文在形式上的最基本特征，是从骈文的文体特征来命名的。

以“骈”“俪”来形容骈文的特征始于唐，但直接以骈俪来称骈文这种文体却出现得稍晚一些。不过这些名称自产生之初到骈文的正式命名，一直都有人使用。如：

宋代张九成《孟子传》卷二：“至于纂组为工，骈俪为巧。”

宋代王称《东都事略》卷四七：“然去古既远，时尚骈俪。”

元人所修《宋史·欧阳修传》：“镂刻骈偶，淟涊弗振。”

明代湛若水《格物通》卷二五："唐虞三代，典谟训诰之词，质实不华，诚可为千万世法，汉魏之间犹近古，晋宋以降，文体日衰，骈丽奇靡，而古法荡然矣。"

清代顾炎武《日知录》卷二〇《文章推服古人》："韩退之文起八代之衰，于骈偶声律之文宜不屑为……"

骈俪、骈偶等名虽然反映了骈文的主要特点，也对骈文这一名称的产生具有重要影响，但唐代和清代之间，骈文还是出现了另外一个重要的名字——四六文，而且这一名字在宋代使用非常广泛。《四库全书总目》卷一六三："至宋而岁时通候、仕宦迁除、吉凶庆吊，无一事不用启，无一人不用启，其启必以四六。"也就是说，在宋代写个结婚请柬之类的都要用四六文写，所以，"四六"就成为宋代骈文的代称。

"四六"显然是从句式角度来命名骈文的。直接以"四六"来指称骈文的是唐代晚期的李商隐，他将自己的骈体文集命名为《樊南四六》，并且在序中对四六作了解释："四六之名，六博、格五、四数、六甲之取也。"六博是古代一种棋，每人六个棋子；格五之格有阻挡之意，也就是说遇五不进；四数指四个方向；六甲为六十甲子的简称，用以计时。借助游戏和四方、六时，来说明四、六这两个数字在我国应用之广以及骈文中多用四六句的"合理性"。

随着骈文的进一步发展，人们越来越追求句式的整齐。刘勰《文心雕龙》："四字密而不促，六字格而非缓。"四六句式的骈体文虽有这等优点，但是后来人们对于骈文句式的追求渐趋形式化，也就使骈文存在着形式僵化、内容空疏的缺陷。

在骈文的发展史中，除了以上几个主要的名称，还有一个贬义的名称——俳语。"俳"是一种杂戏、滑稽剧，俳戏演员被称为俳优，相当于小丑的角色，是一种轻蔑、鄙视的称呼。俳语命名是随着骈文形式逐渐僵化、内容空洞、辞藻虚浮等问题出现后而出现的，这一名称主要为一些批评骈文者所使用。

骈文的又一个名称——律语，在国内并不多见。日本学者儿岛献吉郎在《中国文学概论》中以"律语"称骈文："四六文以对偶为第一条件，惯用'隔句对''当句对'，且句法有四字句、六字句的限制。不特此也，复加增一种平仄法，既非纯粹之散文，又非完全之韵文，乃似文非文，似诗非诗，介于韵文散文之间，有不离不即之关系者，谓之为律语或骈文，亦无不可。律语云者，文有声律之谓。骈文云者，句有对偶之谓。然则四六文者，乃文学两性两属之中间性，比之散文，则多韵文之价值，比之韵文，则又有散文之形式。故于韵文散文之外，令骈文独立，称为律语，亦出于不得已尔。"

（二）骈文产生

骈文之名出现虽晚，但骈文之体却出现较早。有些学者认为骈文产生于汉代的“连珠”，如钱济鄂先生在《骈文考》目录中直接以“骈文出自汉连珠”为标题，莫道才先生在《骈文通论》中认为“连珠”是骈文的初始形态，是骈文的“乳名”。

为什么说骈文产生于连珠呢？莫道才先生认为，连珠的兴盛和骈文的兴盛基本重合，兴于汉魏，盛于六朝，衰于唐宋。这种观点是从其产生、发展的时间来说的。另外，钱济鄂在《骈文考》中讲道：“所谓之连珠，大抵求贯穿事理，如珠在贯。贯者，即谓成串。乃以连续之辞句，互相发明，若明珠之结排也。其辞则丽，其言则约，其体则四六对偶，而有韵味，其文则不指说事情，必以假喻，巧示其旨，而令贤者自悟……”这是从文章的形式特点来说的。不管骈文是否产生于连珠，或者连珠是否骈文的“乳名”，但可以肯定的是，骈文与连珠的关系十分紧密且骈文产生较早。

骈文的历史非常悠久，其产生也并非一朝一夕的事，而是一个漫长的过程，并且是在各种因素的共同作用下形成的。对于骈文产生的原因，不少学者已作了专门的研究和探讨。如姜书阁先生总结了六点：联想、易记、事证、便言、汉字单音、音韵变化；尹恭弘先生认为主要有五点：中国文字的特点和神韵、“中庸”思维方式的影响、作家具有“取类相从”的心理联想能力、社会实用性的需要、社会审美性的需要；莫道才先生从四个方面进行了考察：汉语的特质、客观的对立对应事物、人类的模仿机能、传播的需要。当然，还有学者从“物生有两、唯能两化”的阴阳对举观念及中华民族天人合一的思想等角度进行说明。

骈文产生的原因概括起来主要就是两个方面：一是客观原因——中国文字的特点，即汉字单音、调有四声、词汇丰富；二是主观原因——需要，主要是实用的需要、传播的需要（即易记、便言）、审美的需要。

骈文产生的客观方面的原因就是汉语的特点。首先，汉字是单音文字，一字一音，这样就比较容易形成整齐的文句。不像英语单词由字母组成，一个单词有长有短，句子长短不一，参差不齐，缺乏美感。比如我们耳熟能详的李白的《静夜思》：

床前明月光，疑是地上霜。
举头望明月，低头思故乡。

翻译成英文有多种版本，选取一种译法：

In front of my bed the moonlight is very bright.
Wonder if that can be frost on the floor?
I lift up my head and look at the full moon, the dazzling moon.

I drop my head, and think of the old days.

◎（南宋）梁楷《太白行吟图》

首先，且不说翻译之后原诗的意韵还能保留多少，这些由语言文化的差异造成，尚可以理解，可单从形式上来看，短短的二十个字被翻译成了四十三个单词，而且各句长短不一，缺少了整齐之美。

其次，调有四声，平、上、去、入，也就是平仄的变化，这样读起来抑扬顿挫，具有音乐般的美感，这就为骈文进一步发展、完善提供了条件。

最后，汉语词汇丰富也是一个重要原因。开篇讲骈文的界定时，我们讲到骈文由基本对偶的文辞组成。所谓对偶文辞，就是字数基本对等、意义基本对举、词性基本对称、结构基本对应。要做到这四点“基本”，没有大量的词汇是不容易实现的，而且骈文还要讲究声调的平仄相间，出句平仄、入句仄平的对应就更为不易了。如王勃的《秋日登洪府滕王阁饯别序》：

渔舟唱晚，响穷彭蠡之滨；
　平　仄　　平　仄　平
雁阵惊寒，声断衡阳之浦。
　仄　平　　仄　平　仄

这两句在四个“基本”以及声调的相间和对应方面都做得很好。以“滨”和“浦”为例，这两个字都是名词且都有水边的意思，这就做到了词性的对称和词义的对举；从声调上来讲，“滨”为平声，“浦”为仄声，做到了出句、对句平仄相应。如果把“滨”换成同样表示水边的“浒”字，虽然词性、词义上没有什么不妥，但没有声调上的起伏变化，读起来就缺少了抑扬之美。要兼顾骈文的形式及声律之美，没有丰富的词汇是做不到的。

因此，中国文字的以上特点是其他语言所不具备的，这也正是骈文产生及发展的基础。瑞典汉学家高本汉也认为，中国文字的特点促使了骈文的产生，在其《中国语与中国文》中有一段话讲得很清楚：“独中国文字，始于象形、指事，以形为主。……六书既备，于以应万事，赅万物而无匮乏，非特其形式优美，音节协畅，动人爱悦已也。且因字皆单音，故

◎ 王勃

容易缀成简洁文辞，整齐之句。”

从主观上来说，需要推动了骈文的产生，是骈文产生的动力。文字记载是了解历史的依据，在文字记载尚未普及与便利的时候，记忆便成为连接过去和现在的桥梁。在对复杂事情的记忆上，人脑毕竟比不上电脑，为了便于记忆，就要对所记内容进行加工。正如阮元在《文言说》中所讲：“古人以简策传事者少，以口舌传事者多；以目治事者少，以口耳治事者多。故同为一言，转相告语，必有愆语。是必寡其词，协其音，以文其言，使人易于记诵，无能增改，且方言俗语杂于其间，始能达意，始能行远。”“寡其词”“协其音”“文其言”，就是对记诵内容的加工，也是骈文的雏形。

在文字记载还未成为主要的传播方式时，信息的流通主要是靠口耳相传。在传播过程中，为保证传播内容的准确以及传播的顺利，传播中介就要对传播内容进行自觉或不自觉的加工，而整齐、对偶的文句更利于人们接受。因此，传播的需要便促进了骈体文的逐渐产生。

对称美符合中国人的审美观点，而句式整齐、平仄相对、读起来有气势且朗朗上口的骈文，能给人一种视觉上和听觉上的美感。骈文恰恰迎合了中国人对美的追求，因此，骈文常被人们誉为美文。所以，中国人的审美需求也是骈文产生和发展的一种动力。

这些需要对骈文的产生具有重要的推动作用。在这些需要的推动下，文化在发展过程中促使人类对其进行创作使之满足需要。所以，人类的创作能力是骈文产生的另一个重要原因，这主要体现在联想和模仿上。

范文澜在《文心雕龙注》中说："原丽辞之起，出于人心之能联想。既思'云从龙'，类及'风从虎'，此正对也。既想'西伯幽而演《易》'，类及'周旦显而制《礼》'，此反对也。正反虽殊，其由于联想一也。"生活中由一事物联想到另一事物的现象很普遍，就像由风想到雨，由花想到草，这样联想起来的事物一般便于记忆，容易形成对偶。对偶正是骈文的最基本特点，这就为骈文的产生提供了条件和基础。

上文讲到中国人的审美观是对称美，人自身以及自然界很多事物都是对称以及对应的：人有两只眼睛、两只耳朵、两条胳膊、两条腿，自然界有阴有阳、有白昼有黑夜，等等。在人自身及自然界的影响下，人类便形成了对称是一种美的审美心理。在艺术的创作上，人类也追求这种对称美，这正是对自然界的一种模仿。因此，以对偶为特点的骈文就是模仿自然的结果。

（三）骈文特征

骈文这一文体基本成熟后，其所具备的特征才能相对稳定或完备。因此，考查骈文特征，主要是对成熟的骈体文进行探讨。在对骈文的界定中已经谈到，骈文的最基本特征是对偶，从骈文的命名与产生均可看出这一特点。

对偶一般体现在字数、词性、结构三个方面。从字数上来看，有三字句相对、四字句相对、五字句相对、六字句相对，唐宋以后句子越来越长，七字句、八字句、九字句、十字句，甚至十一字的句子都曾出现。出句、入句字数相对，有时并不是单一的四字句或六字句相对，也有五字句、四字句两个短句作为一个出句，也有四字句、七字句组合，也有四字句、六字句组合，等等。下面试举几例说明：

（1）三字句对偶

四美具，二难并。

——王勃《秋日登洪府滕王阁饯别序》

（2）四字句对偶

雪暗如沙，冰横似岸。

——庾信《哀江南赋并序》

（3）五字句对偶

树下流杯客，沙头渡水人。

——庾信《春赋》

（4）六字句对偶

传鼓瑟于杨家，得吹箫于秦女。

——徐陵《玉台新咏序》

（5）七字句对偶

忽忆扬州扬子津，遥思蜀道蜀桥人。

——卢照邻《悲昔游》

（6）五、四组合

畏南山之雨，忽践秦庭；

让东海之滨，遂餐周粟。

——庾信《哀江南赋并序》

（7）四、七组合

阅诗敦礼，非直东邻之自媒；

婉约风流，无异西施之被教。

——徐陵《玉台新咏序》

（8）六、四组合

披庄子之七篇，逍遥物外；

玩老聃之两卷，恍惚怀中。

——萧统《锦带书十二月启·林钟六月》

从词性看，出句、入句中的词性是基本对应的。如“落花入领，微风动裾”中，“落花”对“微风”，“领”对“裾”，均是名词相对，“入”与“动”都是动词。

从结构上看，也是基本对应。如“零雨送秋，轻寒迎节”中，出句、入句都是主谓宾结构。

骈文的第二个特征是讲究声韵的和谐之美，即声调的对应和骈文的押韵。骈文更多注重声调的对应，押韵则比较自由、随意，一般应用性的骈文多不押韵，文人墨客为表达闲情逸致而作骈赋以及为“文友”而作的序有些是讲究押韵的。在骈文的发展史上，骈文用韵不多，故不作单独探讨，只有唐代对用韵有所规定和限制，也许是受唐代诗歌兴盛的影响吧。

声调的对应起初也不是很严格，魏晋开始研究声韵，南齐的沈约指出声调的“四声八病”（简单地说就是作诗时运用四声所产生的八种弊病，即平头、上尾、蜂腰、鹤膝、大韵、小韵、旁纽、正纽），并提出新的声律理论：“欲使宫羽相变，低昂互节，若前有浮声，则后须切响，一简之内音韵尽殊，两句之中轻重悉异，妙达此旨，始可言文。”（《宋书·谢灵运传论》）后来唐代的诗歌又非常讲究格律，所以之后的骈文大多注重声调的和谐对应。

声调的对应也就是平仄的对应。平仄对应指出句平声和入句仄声相对，反之亦然。骈文虽然讲究平仄对应，但并不是出句、对句中的每个字都严格遵照平仄对应，主要是在一个词或词组的末字上对应，也就是节奏点的平仄对应，这就涉及骈文的节奏问题。节奏一词大家很熟悉，讲得最多的恐怕是“现在生活节奏加快了”，节奏失衡所以人们变得浮躁，所以要讲究节奏的和谐。文章也是如此，节奏和谐读起来才有美感。如果读一篇文章时不讲究节奏，一口气读下来没有停顿，没有起伏变化，效果可想而知。

骈文的节奏因字数不同有多种形式，下面以四字句、五字句、六字句为例加以说明。

一般四字句的节奏是二、二式，即两字为一个节奏。例：

高节/未彰，贞心/谁识？

——魏徵《道观内柏树赋》

五字句的节奏有三种，一种是二、二、一式，一种是二、一、二式，一种是一、二、二式。例：

绿珠/捧琴/至，文君/送酒/来。

——庾信《春赋》

绿房/兮/翠盖，素实/兮/黄螺。

——萧绎《采莲赋》

回/小人/之腹，为/君子/之虑。

——鲍照《园葵赋》

六字句有两种节奏，一种是二、二、二式，一种是三、三式。例：

庄周/垂钓/于濠，伯成/躬耕/于野。

——萧统《陶渊明集序》

风萧萧/而异响，云漫漫/而奇色。

——江淹《别赋》

平仄也就是平声和仄声，在古汉语中，以平声为平声，包括阴平和阳平，以上、去、入声为仄声。以骆宾王《冒雨寻菊序》中的文句为例，来看平仄的对应关系：

参差远岫，断云将野鹤俱飞；

平　仄　　平　　仄　平

滴沥空庭，竹响共雨声相乱。

仄　平　　仄　　平　仄

字中蝌蚪，竞落文河；
　平　仄　　仄　平
笔下蛟龙，争投学海。
　仄　平　　平　仄

由以上两组句子可以看出，每组的出句和对句都是平仄相对，出句中是平仄相间，入句中是仄平相间。

骈文的第三个特征是重视用典。用典虽不是骈文的必然要求，但典故的使用在骈文中还是相当普遍的，有的甚至一句就用一个典故。骈文之所以重视用典，是因为用典可以借古喻今，很好地表达作者的思想观点。

骈文用典虽多，但用典的种类主要有两种。刘永济《文心雕龙·事类篇》:“用典之要，不出以少字明多意，其大别有二：一用古事，二用成辞。用古事者，援古事以证今情也；用成辞者，引彼语以明此义也。”莫道才先生在《骈文通论》中将用典的种类概括为事典和语典，事典是指典故本身包含一个故事、一段情节、一种事件；语典虽有历史文献出处，但不一定有故事性。

下面就事典和语典各举一例加以说明。

（1）事典

庾信《哀江南赋并序》:“畏南山之雨，忽践秦庭；让东海之滨，遂餐周粟。”“畏南山之雨”出自《列女传·贤明传》：南山有一玄豹，为保护自己的皮毛，雾雨天不外出觅食。作者引用此典是想说明自己本来想避害全身，但还是奉使来到长安。“秦庭”是指长安。“让东海之滨”出自《史记·齐太公世家》：战国时齐大夫田和迁齐康公于海上，篡齐自立。在这里作者借此典暗指北周取代西魏之事。“遂餐周粟”出自《史记·伯夷列传》：伯夷、叔齐反对武王伐纣，武王灭商后，他们二人隐居首阳山，采薇而食，不餐周粟，最终饿死。庾信本是梁臣，出使西魏，被留长安，后来周代魏，他又成为周臣，作者借助伯夷、叔齐的不食周粟而死的气节来反衬自己身仕三朝的内心自我谴责之情。

（2）语典

王勃《春思赋》：“蛾眉画来应几样，蝉鬓梳时半欲斜。”“蛾眉”出自《诗经·卫风·硕人》：“齿如瓠犀，螓首蛾眉，巧笑倩兮，美目盼兮。”“蝉鬓”是古代妇女发式的一种，蝉身黑而光润，以之称发髻。《古今注·杂注篇》：“魏文帝宫人绝所爱者有莫琼树……琼树乃制蝉鬓，缥缈如蝉，故曰蝉鬓。”如上，“蛾眉”“蝉鬓”等，都有直接的出处。

骈文用典种类不多，用典方法却有多种，明代高琦在《文章一贯》中列举了十四种方法：正用、历用、列用、衍用、援用、平用、反用、活用、设用、借用、藏用、暗用、或上或下、错综引用。实际上，常用的也就明用、暗用、反用、化用等。

◎（宋）李唐《采薇图》

明用：指作者借典故的含义来表达自己的意旨，以事典为多。例：

物华天宝，龙光射牛斗之墟；

人杰地灵，徐孺下陈蕃之榻。

——王勃《秋日登洪府滕王阁饯别序》

“龙光”之典见于《晋书·张华传》。张华因见斗、牛二星之间有紫气照射而在地下掘得龙泉、太阿两把宝剑，两剑的夺目光芒即龙光。用此典意在说明此处为宝地。“徐孺”之典见于《后汉书·徐穉传》，东汉名士陈蕃任豫章太守时不接来客，唯因家贫在家种地而不肯做官的徐穉来访，才设一睡榻留宿，说明其尊重和重视人才。王勃所用典故是为了说明“洪府”也是“物华天宝”“人杰地灵”之处。

暗用：不似明用那么直接，可以从字面就看出作者想要表达的意思。如：

酌贪泉而觉爽，处涸辙以犹欢。

——王勃《秋日登洪府滕王阁饯别序》

“贪泉”之典见于《晋书·吴隐之传》。晋代吴隐之任广州刺史时，在广州北的石门有水名为贪泉，据说人饮此水必起贪得无厌之心，吴隐之到此，取泉水饮而更加清廉。“涸辙”之典融合了《庄子·外物》和《庄子·天运》。此为语典，涸辙即没有水的车辙，说的是处于涸辙中奄奄一息的鲋鱼，两条鱼在困境中相互吐沫以此来延续生命。这两个典故均是用来说明人的高尚品格。

反用：从典故的反面意义出发，更好地形成对比，突出作者所要表达的思想和感情。如：

畏南山之雨，忽践秦庭；

让东海之滨，遂餐周粟。

——庾信《哀江南赋并序》

“遂餐周粟”即对典故的反用，据《史记·伯夷列传》记载：“武王已平殷乱，天下宗周，而伯夷、叔齐耻之，义不食周粟，隐于首阳山，采薇而食之，遂饿死。”庾信本是梁臣，后来却仕魏又仕周，作者此处说伯夷、叔齐食周粟，实际上是表达自己身仕三朝的羞愧。

化用：就是作者根据需要将典故进行改造，用简单的方式叙述出来以表达作者的感情。如：

杨意不逢，抚凌云而自惜；

钟期既遇，奏流水以何惭？

——王勃《秋日登洪府滕王阁饯别序》

“杨意不逢”之典见于《史记·司马相如列传》，汉朝时杨得意向汉武帝推荐司马相如，说《子虚赋》是其所作，司马相如被武帝召见，“天子大悦，飘飘有凌云之气”，此后名耀当时，而杨得意却仍做个掌管猎犬的小官。“钟期既遇”之典见于《列子·汤问》，上古伯牙鼓琴，志在高山流水，只有钟子期知其音。王勃用以上两个典故，含义深刻，因为自己“时运不齐，命途多舛”，而又不便直说，于是化用典故，借古喻今，来说明自己的怀才不遇。

骈文的第四个特征是藻饰语言。通俗地讲，就是骈文特别注重文采。骈文注重文采主要表现在四个方面：辞藻华美，色彩鲜明，语言夸饰，文句铺排。

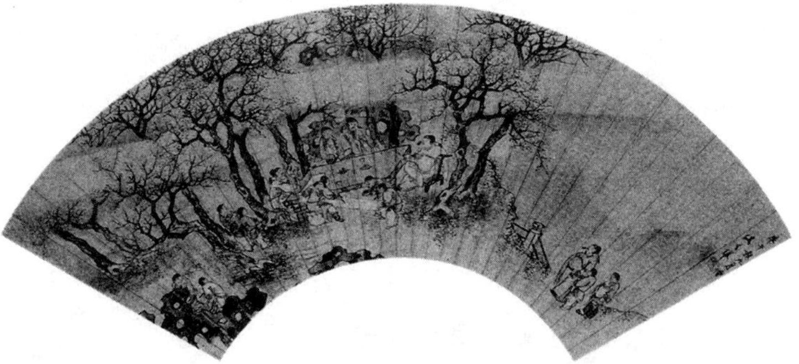

◎（明）盛茂烨《春夜宴桃李园图》（之一）

（1）辞藻华美

庾信在《春赋》第一段中对春天的描绘多用辞藻华丽秀美之词。如："开上林而竞入，拥河桥而争渡。出丽华之金屋，下飞燕之兰宫。钗朵多而讶重，髻鬟高而畏风。眉将柳而争绿，面共桃而竞红。影来池里，花落衫中。苔始绿而藏鱼，麦才青而覆雉。吹箫弄玉之台，鸣佩凌波之水。移戚里而家富，人新丰而酒美。石榴聊泛，蒲桃酦醅。芙蓉玉碗，莲子金杯。"

（2）色彩鲜明

骈文注重文采的第二个方面是喜欢用色彩鲜明的词语，尤其是出句与对句中，有时甚至一句之中不但用色彩鲜明的词汇，而且用能够形成对比或相近似的色彩。如：

见红兰之受露，望青楸之离霜。

镜朱尘之照烂，袭青气之烟煴。

——江淹《别赋》

左右青霭，表里紫霄。

从岭而上，气尽金光。

半山以下，纯为黛色。

——鲍照《登大雷岸与妹书》

骋黄马之剧谈，纵碧鸡之雄辩。

——刘峻《广绝交论》

横素波而傍流，平青云而直上。

——萧统《陶渊明集序》

乘白马而不前，策青骡而转碍。

——庾信《哀江南赋并序》

紫茎兮文波，红莲兮芰荷；
绿房兮翠盖，素实兮黄螺。

——萧绎《采莲赋》

从以上例子可以看出，骈文中使用的色彩以红、绿、青、白、紫为多，这些色彩在自然界中是最常见的，也是人们生活中出现较多的。因此，骈文使用这些人们熟知的色彩就容易引起读者对文章色彩的认可与共鸣，而且这些色彩也易于形成对比，以增强骈文的色彩美。同时，色彩虽能形成对比，增强效果，但是如果运用不恰当，反而会以“色”害意。

（3）语言夸饰

夸饰是对描述对象作夸张性的描写。孙德谦在《六朝丽指》中对六朝骈文的夸饰作了总结和归类。孙先生认为，夸饰即形容，形容有非刻意形容者，有形容尽致者，有史臣铺张形容者。

非刻意形容者，如“肃肃清风，即令象簟非贵；依依散采，便觉夏室含霜”（梁简文帝《谢赉扇启》）；“天帝赐年，无逾此乐；仙童赠药，未均斯喜……是知青牛道士，更延将

◎ （南宋）夏珪《西湖柳艇图》

近之命；白鹿真人，能生已枯之骨”（庾信《谢明皇帝赐丝布等启》）。

形容尽致者，如“妾遇新缣，自然心伏；妻闻裂帛，方当含笑”（庾信《谢赵王赉丝布启》）。

史臣铺张形容者，如“罔有敌于我师，前徒倒戈，攻于后以北，血流漂杵”（《尚书·武成》）。

夸饰虽有非刻意为之者，但夸张的成分是不可避免的，因此，在理解夸饰性的文辞时，不可尽信之。这并不是说骈文的这一特点一无是处，不可否认的是，夸饰的语言的确有利于增强骈文的艺术效果。

（4）文句铺排

铺排，简单地理解有铺陈排列之意，也就是对描写对象从多个方面和角度进行描绘，以达到突出描写对象的效果。

如鲍照的《登大雷岸与妹书》，虽然不是诗文，只是一封普通的家书，却有大量的景物描写，从南、东、北、西四个方面铺陈描述，可见当时文人对铺排的青睐及其在骈文中的应用之广泛：“南则积山万状，负气争高。含霞饮景，参差代雄。凌跨长陇，前后相属。带天有匝，横地无穷。东则砥原远隰，亡端靡际。寒蓬夕卷，古树云平。旋风四起，思鸟群归。静听无闻，极视不见。北则陂池潜演，湖脉通连。苎蒿攸积，菰芦所繁。栖波之鸟，水化之虫，以智吞愚，以强捕小，号噪惊聒，纷牣其中。西则回江水指，长波天合。滔滔何穷，漫漫安竭！创古迄今，舳舻相接。思尽波涛，悲满潭壑。烟归八表，终为野尘。”

（四）骈文与散文

这里所讲的散文不是现代意义上的散文，而是古代的散体文，也就是“古文”。“古文”之名是随着骈文的发展而出现的。在“骈文之名”一节中已谈到六朝时称骈文为“今文”，是相对于先秦时代的文章而言。与“今文”相对，也就有了“古文”之称。既然古文与骈文是对立而生的，那么也就不难理解和把握古文了，即散句单行、没有固定形式的文体。到了唐代，韩愈、柳宗元提倡古文运动，以反对骈文内容上过于藻饰、形式上过于拘束的弊病。

◎ 韩愈

骈文讲究对偶、声韵、用典、藻饰，无疑增加了骈文的艺术效果，而古文运动中反对的恰恰就是骈文的这些特征。骈文发展到唐宋时期，已然失去了原来的文学特色，而是文风浮华，形式僵化。因此，古文提倡质朴的文风、自由的形式、真实自然的情感表达。骈文与散文的这些差异使它们各有所长，骈文适合于描绘、铺排以及气势较强的文章，散文更适合于叙事。如脍炙人口的《岳阳楼记》，写景自然流畅，而且很容易就能看明白作者在说什么。

予观夫巴陵胜状，在洞庭一湖。衔远山，吞长江，浩浩汤汤，横无际涯；朝晖夕阴，气象万千，此则岳阳楼之大观也，前人之述备矣。然则北通巫峡，南极潇湘，迁客骚人，多会于此，览物之情，得无异乎？

◎（五代）董源《潇湘图》

同样是写景的《游冀州韩家园序》，几乎句句用典，要想很好地欣赏和理解这篇文章，就需要了解这些典故。因此，这样的“美文”需要“专业人士”来欣赏：“铜沟水北，石鼓山东。星辰当毕昴之墟，风俗是唐虞之国。虽接燕分晋，称天子之旧都；而向术当衢，有高人之甲第。祥风塞户，瑞气冲庭。

芳酒满而绿水春，朗月闲而素琴荐。家童扫地，萧条仲举之园；长者盈门，廓落东平之室。梧桐生雾，杨柳摇风。眺望而林泉有余，奔走而烟霞足用。”

古文虽有别于骈文，但也不是完全对立，在发展的过程中，也受到骈文的影响。就是高举“古文运动”大旗的韩愈、柳宗元，其古文中也可以看到骈文的影子和特点。如韩愈的《进学解》：“业精于勤荒于嬉，行成于思毁于随。方今圣贤相逢，治具毕张。拔去凶邪，登崇俊良；占小善者率以录，名一艺者无不庸。爬罗剔抉，刮垢磨光。盖有幸而获选，孰云多而不扬？诸生业患不能精，无患有司之不明；行患不能成，无患有司之不公。”

虽不是骈文，但文句整齐有节奏，确实能增强文章的气势与感情。韩愈提倡古文运动，但其文章也吸收了骈文的优点和长处，这就是骈文对古文的影响。同样，骈文吸收散文文体疏荡的优势，可以使骈文舒逸畅达，再加上骈文原有的文辞典雅、声律和谐之美，使骈文更具有表现力。

因此，骈文与散文之间既有差别，又有相互影响和渗透的一面，后世优秀的骈文家大多能兼收骈散之长。骈散结合能使文章达到最美妙的境界，如清代包世臣在《艺舟双辑》中所说：“是故讨论体势，奇偶为先，凝重多出于偶，流美多出于奇。体虽骈，必有奇以振其气；势虽散，必有偶以植其骨。仪厥错综，至为微妙。”

贰

骈文滥觞

——先秦两汉

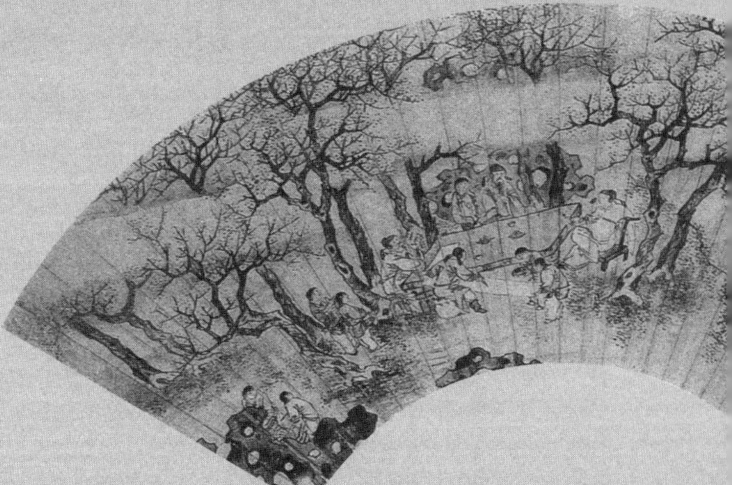

（一）先秦骈文起源

骈文的形成与发展经历了一个漫长的历史过程。骈文的形成以骈语为基础，骈语在骈文产生之前就已大量存在。因此，追溯骈文的滥觞，可以上溯到先秦文献中的丽辞偶句。

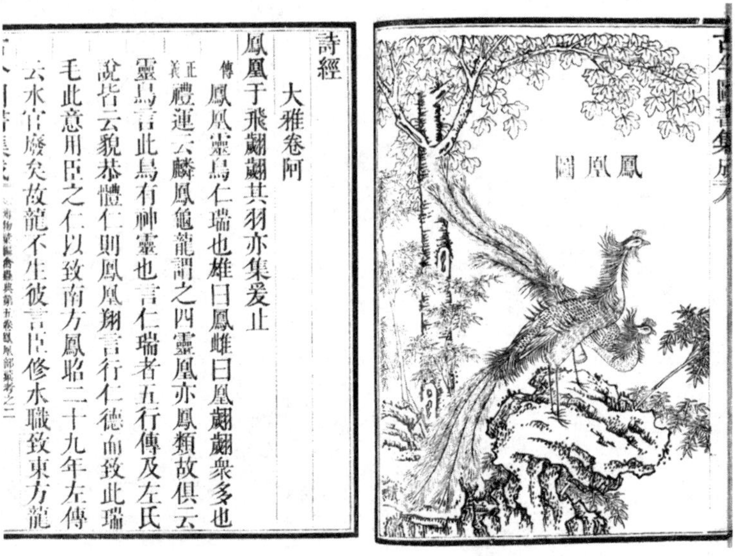
詩經

大雅卷阿

鳳凰于飛翽翽其羽亦集爰止

傳 鳳凰靈鳥仁瑞也雄曰鳳雌曰凰翽翽衆多也

正義 禮運云麟鳳龜龍謂之四靈凰亦鳳類故俱云靈鳥言此鳥有神靈也言仁瑞者五行傳及左氏說皆云貌恭體仁則鳳凰翔言行仁德而致此瑞毛此意用臣之仁以致南方鳳昭二十九年左傳云水官廢矣故龍不生彼言臣修水職致東方龍

◎《诗经》关于凤凰的记载（《古今图书集成》本）

为什么先秦文献中就已存在大量的丽辞偶句呢？范文澜在《文心雕龙注》中讲得很明白：“原丽辞之起，出于人心之能联想。既思‘云从龙’，类及‘风从虎’，此正对也。既想‘西伯幽而演《易》'，类及‘周旦显而制《礼》'，此反对也。正反虽殊，其由于联想一也。古人传学，多凭口耳，事理同异，取类相从，记忆匪艰，讽诵易熟，此经典之文所以多用丽语也。凡欲明意，必举事证，一证未足，再举而成；且少既嫌孤，繁亦苦赘，二句相扶，数折其中。昔孔子传《易》，特制《文》《系》，语皆骈偶，意殆在斯。又人之发言，好趋短平，短长悬殊，不便唇舌。故求字句之齐整，非必待于耦对；而耦对之成，常足以齐整字句。魏晋以前篇章，骈句俪语，辐辏不绝者此也。”可以看出，丽辞兴起，原因有四：①人心之能联想；②口耳传学，丽辞易记；③“言出有据”的需要，我们现在说孤证不立，古人也认识到“少既嫌孤”了，而“据”多则又嫌“赘”，因此，二证恰好；④句式齐整，有利于表达。

1. 古代谣谚中的丽辞偶句

古代民间流传的通俗短语多是口耳相传，为了便于记忆，需要对传播内容进行加工，就逐渐形成了口语中的丽辞。如：

> 兄弟谗阋，侮人百里。
>
> 从善如登，从恶如崩。
>
> ——《国语》
>
> 见兔而顾犬，未为晚也。

亡羊而补牢，未为迟也。

——《战国策》

辅车相依，唇亡齿寒。

皮之不存，毛将安傅？

——《左传》

趋织鸣，懒妇惊。

——《毛诗草木虫鱼疏》

满招损，谦受益。

——《尚书》

先秦文献中类似这样的民谣、民谚、俗语还有很多，这些谣谚已具有骈偶的形式。如字数的对等，见以上各例；词性与词义的基本对举，如“趋织鸣，懒妇惊”“满招损，谦受益”等。先秦时代的这些民谣、民谚在当时人们口头中流传，由于语言精练，又是人们生产、生活中经验与智慧的结晶，后来逐渐被载入书中而流传下来。

先秦文献中的丽辞偶句如果仅限于这些民间谣谚，还不足以形成一种趋势，即向骈文过渡的可能。由于谣谚在易记、便言等各方面的优势被“圣贤”“先哲”吸收到文字记载与创作中，使得先秦典籍中也存在着大量的丽辞偶句，这就为骈文的形成进一步奠定了基础。下面按经、史、子、辞（楚辞）的顺序来看先秦典籍中丽辞的发展。

刪述六經圖　魯哀公十四年庚申孔子年七十一歲魯終不能用乃序書傳禮刪詩正樂序易彖象
繫說卦文言弟子蓋三千焉身通六藝者七十有七人

◎《孔子删述六经图》

2. 六经中的丽辞偶句

六经是先秦时代的六部经典，即《诗》《书》《礼》《易》《乐》《春秋》，而《乐》已佚，现对五经中的丽辞进行探讨。

（1）《诗经》

《诗经》作为我国第一部诗歌总集，收录了从西周初年至春秋中期大约五百多年的诗歌三百零五篇，所以《诗经》又称《诗三百》，是我国文艺宝库中的一颗璀璨明珠。《诗经》中存在大量的骈偶句式，这对骈文对偶形式的多样化具有重要影响。

单句对：

平王之孙，齐侯之子。

——《召南·何彼襛矣》

隔句对：

维熊维罴，男子之祥。
维虺维蛇，女子之祥。

——《小雅·斯干》

南有乔木，不可休思。

◎《鹿鸣图》

汉有游女，不可求思。

——《周南·汉广》

当句对：

拊我畜我，长我育我。

——《小雅·蓼莪》

我徒我御，我师我旅。

——《小雅·黍苗》

长句对：

坎坎伐檀兮，置之河之干兮。河水清且涟猗。不稼不穑，胡取禾三百廛兮？不狩不猎，胡瞻尔庭有县貆兮？彼君子兮，不素餐兮！

坎坎伐辐兮，置之河之侧兮。河水清且直猗。不稼不穑，胡取禾三百亿兮？不狩不猎，胡瞻尔庭有县特兮？彼君子兮，不素食兮！

——《魏风·伐檀》

双声对：

既优既渥，既沾既足。

——《小雅·信南山》

叠字对：

明明在下，赫赫在上。

——《大雅·大明》

青青子衿，悠悠我心。

——《郑风·子衿》

可见，《诗经》中多样的偶句对形式已大体具备了对偶的基本要求。骈文中的对偶句式大多能在《诗经》中找到依据，恐怕是后世学者认为骈文滥觞于先秦的原因之一。

（2）《尚书》

《尚书》原称《书》，汉代改称《尚书》，有“上代之书”“上古帝王之书”之意。《尚书》是我国最早的官方史书，所载内容为虞、夏、商、周各代的典、谟、训、诰、誓、命等文献。其中“典”是对史实的记载，“谟”记载的是君臣谋略，“训”是臣劝君之语，“诰”是勉励的文告，“誓”是誓词，“命”是君主的命令。

刘勰在《文心雕龙·丽辞》中首先提到的就是《尚书》：“夫心生文辞，运载百虑，高下相须，自然成对。唐虞之世，辞未极文，而皋陶赞云：‘罪疑惟轻，功疑惟重。’益陈谟云：‘满招损，谦受益。’岂营丽辞，率然对尔。”后来学者在谈到《尚书》中存在丽辞时，均以此为证。除此之外，《尚书》中还存在许多丽辞。如：

直而温，宽而栗，刚而无虐，简而无傲。诗言志，歌永言，声依永，律和声。

——《虞书·舜典》

克勤于邦，克俭于家。

汝惟不矜，天下莫与汝争能。

汝惟不伐，天下莫与汝争功。

——《虞书·大禹谟》

居上克明，为下克忠。

卿士有一于身，家必丧；

邦君有一于身，国必亡。

——《商书·伊训》

惟天惠民，惟辟奉天。

受有亿兆夷人，离心离德；

予有乱臣十人，同心同德。

——《周书·泰誓》

民可近，不可下，民惟邦本，本固邦宁。

——《夏书·五子之歌》

官不及私昵，惟其能；

爵罔及恶德，惟其贤。

礼烦则乱，事神则难。

——《商书 · 说命》

功加于时，德垂后裔。

——《周书 · 微子之命》

可以发现，《尚书》中的对偶句以四、六字居多，也有三言对、五言对、七言对等，也有四、七组合对，五、三组合对等。如果单看这些对偶句，已与骈文中的对偶无异。还有的学者认为，《周书 · 牧誓》中的“左杖黄钺，右秉白旄”有藻饰语言之意。所以，《尚书》对骈文产生的影响更大。因此，姜书阁先生在《骈文史论》中指出：汉代以后的骈文奠基于殷、周故籍，两千年来封建王朝的官方文书之所以沿用四六骈体，是崇古、尊经、法三王、宗五帝这些传统的儒家思想所决定的。姜书阁先生看到，商、周典籍中的丽偶之句是骈文滥觞的基础，也是后世檄文、章、表、诏、敕、奏等“应用文”的最早典范。

（3）《周易》

《周易》本称《易经》，是西周初年的一部占卜用书，但其内容已含有简单的哲学因素，语言也具有朴素的文学色彩。《周易》有经有传。“经”包括卦辞和爻辞；“传”是对“经”

◎ 周文王

的注解，“传”有《彖》《象》《文言》《系辞》《说卦》《序卦》《杂卦》。至今仍有不少人喜欢把《周易》看成“算命用的”，实际上，《周易》的价值早已超出“算命书”的范畴。至于《周易》的主要功能是不是占筮，不是本节讨论的重点，这里谈《周易》，重点是考察其所含的丰富的丽偶之句。

刘勰《文心雕龙·丽辞》也谈到了《周易》中的偶辞现象。首先谈道：“易之文系圣人之妙思也。”这是对《周易》的总体评价，肯定了其价值。接着论及《周易》中的偶丽之辞，将之分为四类。

一是“序乾四德，则句句相衔”。

“序乾四德”是指《文言》中的“‘元’者，善之长也；‘亨’者，嘉之会也；‘利’者，义之和也；‘贞’者，事之干也。君子体仁足以长人，嘉会足以合礼，利物足以和义，贞固足以干事”。

句式上，前四句成对，后四句成对；意义上，第一句与第五句相应，第二句与第六句相应，第三句与第七句相应，第四句与最后一句相应。

二是“龙虎类感，则字字相俪”。

“龙虎类感”是指《文言》中的“同声相应，同气相求。水流湿，火就燥，云从龙，风从虎”。

这六句构成三对偶句，而“水流湿，火就燥，云从龙，风从虎”，则是刘勰提到丽辞之起时提到的正对，即是由人心之能联想，“四物”以类相从而成。

三是“乾坤易简，则宛转相承”。

“乾坤易简”是指《系辞》上的“乾以易知，坤以简能。易则易知，简则易从。易知则有亲，易从则有功。有亲则可久，有功则可大。可久则贤人之德，可大则贤人之业”。

这十句构成五对骈偶，上对之意引出下对，下对之意又是承接上对而来，所以说“婉转相承”。

四是“日往月来，则隔行悬合”。

“日往月来”是指《系辞下》的“日往则月来，月往则日来，日月相推而明生焉。寒往则暑来，暑往则寒来，寒暑相推而岁成焉”。

这六句形成了一组长句对，从字数上来说，是五、五、八组合对。长句对的出句和入句中又各有一个单句对。

此外，《文言》《系辞》中还有很多偶句，如《系辞》中的“两仪生四象，四象生八卦，八卦定吉凶，吉凶生大业”“天垂象，见吉凶，圣人象之；河出图，洛出书，圣人则之”“通其变，遂成天下之文，极其数，遂定天下之象”等。

尹恭弘先生在《骈文》中讲道,《文言》《系辞》多偶句，且这些偶句的属对方法多样，而且“辞惊而创”，有鲜明的文采。因此,《周易》对骈文的产生也有重要影响。

（4）《礼》

《礼》包括《仪礼》《礼记》《周礼》。《仪礼》是记载礼节仪式之书，陈公柔先生在《士丧礼、既夕礼中所记载的丧葬制度》一文中认为其反映的大约是战国初期的情况。《礼记》是关于礼制、礼仪的著作，有人认为是孔门后学所作。《周礼》本名《周官》，成书于战国时代，记载了西周到战国的情况，主要涉及田制、兵制、学制、礼仪、刑法等方面。

“三礼”中也有大量的骈词俪语，其中《周礼》和《礼记》中的俪语相对较多,《仪礼》则少一些。因为《仪礼》讲的是礼节仪式，最好简洁明了，不适宜用骈语的形式表达。章太炎先生在《文学略说》一文中分析得非常精辟：“《周礼》《仪礼》，同出周公，而《周礼》为偶,《仪礼》则单，盖设官分职，种别类殊，不偶则头绪不清；入门上阶，一人所独，为偶则语必冗繁。”

《礼记》主要讲的是礼制、礼节，文字简练质朴，缺少骈文所具有的整齐铺排之美。但在实际上,《礼记》中还是存在着大量的对偶、铺排之辞的。

◎《杏坛礼乐图》

生与来日，死与往日。知生者吊，知死者伤。知生而不知死，吊而不伤。知死而不知生，伤而不吊。

——《曲礼》

教之以德，齐之以礼，则民有格心；教之以政，齐之以刑，则民有遁心。故君民者，子以爱之，则民亲之；信以结之，则民不倍；恭以莅之，则民有孙心。

——《缁衣》

博学之，审问之，慎思之，明辨之，笃行之。有弗学，学之弗能，弗措也；有弗问，问之弗知，弗措也；有弗思，思之弗得，弗措也；有弗辨，辨之弗明，弗措也；有弗行，行之弗笃，弗措也。

——《中庸》

温良者，仁之本也；敬慎者，仁之地也；宽裕者，仁之作也；孙接者，仁之能也；礼节者，仁之貌也；言谈者，仁之文也；歌乐者，仁之和也；分散者，仁之施也。

——《儒行》

可以看出：《礼记》中对偶句的一个突出特点是多长偶句，而《儒行》篇从多个方面对“仁”的阐释就是铺排手法的一个很好的例证。《礼记》对后世骈文长句对具有不可忽视的影响。

《周礼》一书内容涉及多个方面，其中丽辞偶句也相对较多。

乃奏黄钟，歌大吕，舞《云门》，以祀天神；乃奏大簇，歌应钟，舞《咸池》，以祭地示；乃奏姑洗，歌南吕，舞《大韶》，以祀四望；乃奏蕤宾，歌函钟，舞《大夏》，以祭山川；乃奏夷则，歌小吕，舞《大濩》，以享先妣；乃奏无射，歌夹钟，舞《大武》，以享先祖。

——《春官宗伯》

黄金四目，玄衣朱裳。

——《夏官司马》

◎《周公制礼作乐图》

制畿封国，以正邦国；设仆辨位，以等邦国；进贤兴功，以作邦国；建牧立监，以维邦国；制军诘禁，以纠邦国；施贡分职，以任邦国；简稽乡民，以用邦国；均守平则，以安邦国；比小事大，以和邦国。以九伐之法正邦国，冯弱犯寡则眚之，贼贤害民则伐之，暴内陵外则坛之。野荒民散则削之，负固不服则侵之，贼杀其亲则正之，放弑其君则残之，犯令陵政则杜之。

——《夏官司马》

《周礼》中也是长对、铺排的运用较多，而且还有色彩之词的使用。

（5）《春秋》

《春秋》是孔子依据鲁史而整理、修订的。《春秋》原来是鲁国史官作的大事记，相当于鲁国的编年史，记载了鲁隐公元年（前722）到鲁哀公十四年（前481）共二百四十多年间的史事。《春秋》原文一万八千多字，现存一万六千多字，语言极其精练，不易理解。之后出现了不少解经之传，以春秋末年左丘明的《春秋左氏传》价值最高。现在《春秋》原文一般已与《左传》合编，所以《春秋》《左传》《春秋左氏传》有时就是同一概念，指同一本书。《春秋》虽是六经之一，但就其所载内容来说以记事为主，后人较多地把《左传》当作史书来看。因此，《春秋左氏传》中的丽辞将在下面细述。

3. 史书中的丽辞

章学诚在《文史通义》开篇便谈道："六经皆史也。古人不著书，古人未尝离事而言理，六经皆先王之政典也。"不管六经是不是史，但从"古人未尝离事而言理"可以看出，章学诚对"史"的评判标准在于"事"，叙事是"史"的一个重要特征。因此，有人认为史书以散体为主，而散体与骈文是相对立的，那么先秦史书中是不是就没有丽辞了呢？实际上，先秦的史书中还是存在着不少丽辞的。以我们较熟悉的《左传》《国语》《战国策》为例加以说明。

（1）《左传》中的丽辞

《左传》概况前面已有介绍，不再细述。唐代刘知几在《史通》中对《左传》的评价是："其文典而美，其语博而奥。"下面看《左传》文辞中"典而美"的丽辞之句。

上思利民，忠也；祝史正辞，信也。

——《桓公六年》

勤以抚之，宽以待之，坚强以御之，明神以要之，柔服而伐贰，德之次也。

——《成公九年》

言称先职，不背本也。乐操土风，不忘旧也。称大子，抑无私也。名其二卿，尊君也。不背本，仁也。不忘旧，信也。无私，忠也。尊君，敏也。仁以接事，信以守之，忠以成之，敏以行之。

——《成公九年》

树德莫如滋，去疾莫如尽。

——《哀公元年》

小所以事大，信也。大所以保小，仁也。背大国，不信。伐小国，不仁。民保于城，城保于德。

——《哀公七年》

《左传》中的偶句形式多样，不但有骈文“标准”的对偶句，还有体现史书特色的不甚严谨的对偶。如《左传》中关于“言论”的偶句便有两种——偶句和散句，偶句能使“说客”的说理更有气势，更有说服力，而散句（非严格意义上的偶句）又能使文章自然流畅。

（2）《国语》中的丽辞

《国语》是我国历史上第一部国别体史书，记录了周王室、鲁国、齐国、晋国、郑国、楚国、吴国、越国等诸侯国的历史。从书的命名可以看出，《国语》所载的内容以记言为主，主要是各国贵族间的朝聘、宴飨、讽谏、辩说、应对之辞以及少量的历史事件和传说故事。《国语》中也存在不少的丽辞偶句。

◎《齐鲁夹谷会盟图》

敬王命，顺之道也；成礼义，德之则也。

——《周语上》

夜战声相闻，足以不乖；昼战目相见，足以相识。

——《齐语》

民是以能有忠信，神是以能有明德，民神异业，敬而不渎。

——《楚语下》

展而不信，爱而不仁，诈而不智，毅而不勇，直而不衷，周而不淑。

——《楚语下》

葬死者，问伤者，养生者，吊有忧，贺有喜，送往者，迎来者，去民之所恶，补民之不足。

——《越语上》

《国语》中的偶句也是形式多样，字数上三字、四字、五字、七字皆有，且有五、四等组合形式的对偶。《国语》虽为史书，但对骈文的影响不会逊于六经中之丽辞。

（3）《战国策》中的丽辞

《战国策》也是一部国别体史书，记录了东周、西周、秦、齐、楚、赵、魏、韩、燕、宋、卫、中山等国之事，是战国游说之士的谋议和言论的汇编。因多记游士之言，故文辞多夸饰，且很有文采。

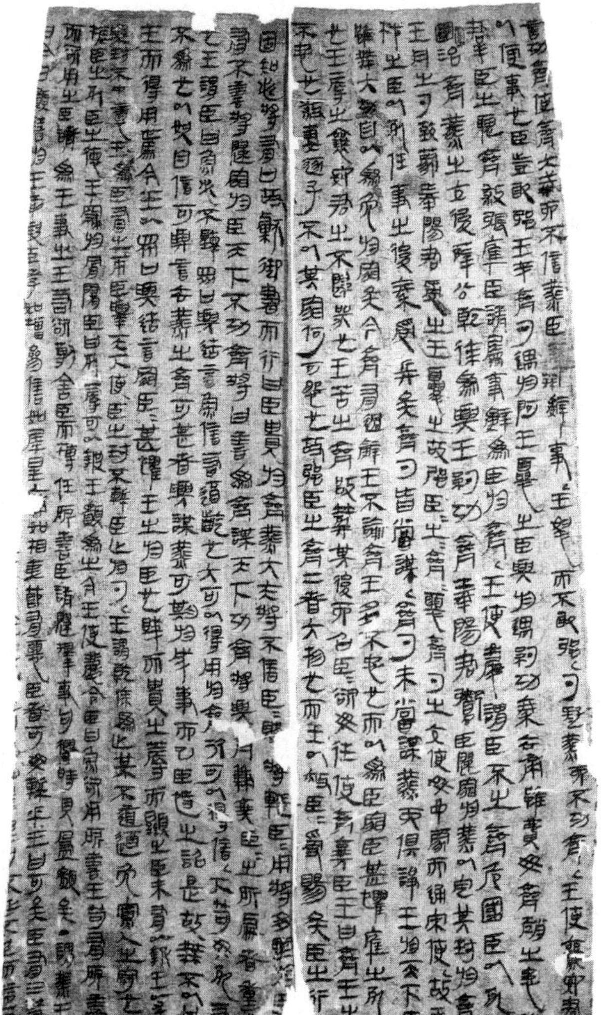

◎ 西汉帛书《战国纵横家书》

土广不足以为安，人众不足以为强。

——《秦策四》

王，兵胜而不骄；伯，主约而不忿。胜而不骄，故能服世；约而不忿，故能从邻。

——《秦策五》

为主死易，垂沙之事，死者以千数。为主辱易，自令尹以下，事王者以千数。

——《楚策三》

弃之不如用之之易也，死之不如弃之之易也。能弃之弗能用之，能死之弗能弃之，此人之大过也。

——《魏策四》

这些对偶句式齐整，可谓《战国策》中“标准”的丽辞之句，而且这些言论有很强的说理性。因此，纵横家之言对骈文的产生也具有重要影响。

4. 诸子中的丽辞

诸子百家是对春秋战国时期各种学术派别的总称。“诸子”就是这些学派的代表人物，“百家”是一种泛称，说明当时思想流派之多。在历史上比较有影响的是我们通常所说的“十家九流”，这一说法出自汉代的刘歆与班固。刘歆在《七略》中将百家划分为“十家”：儒家、道家、法家、名家、墨家、阴阳家、纵横家、杂家、农家、小说家。班固在《汉书·艺文志》中承袭刘歆的观点并说道：“诸子十家，其可观者九家而已。”因为那个时候小说没有现在这样风靡，小说家的地位也很低，是不“入流”的，故有“九流”之说。

章学诚在《文史通义》中认为：“战国之文，其源皆出于六艺。”那么源于六艺的战国之文当然也包括诸子百家。而刘永济在《十四朝文学要略》中讲得更明确：“诸子者，六艺之支流，文章之渊薮也。”六艺之中的丽辞之丰富及对骈文产生的影响前文已有论述，那么诸子之文对骈文的影响也是可以想见的。

现从十家之中择其一二以论之。

（1）儒家诸子中的丽辞

儒家的创始人和代表人物是孔子，此外，还有孟子、荀子等。

孔子有“述而不作”之名言，但他曾经整理过六经，因此，六经都被列入儒家经典之中。与孔子

◎（明）摹唐吴道子《孔子为司寇画像》

关系最为密切的是《论语》，是孔门弟子及再传弟子记录孔子及其弟子言行的书。孔子曾经说过“言而无文，行之不远”，可见，孔子是很重视“文”的。《论语》中的丽辞也非常丰富。

君子周而不比，小人比而不周。

——《为政》

学而不思则罔；思而不学则殆。

——《为政》

志于道，据于德，依于仁，游于艺。

——《述而》

君子坦荡荡，小人长戚戚。

——《述而》

知之者，不如好之者；好之者，不如乐之者。

——《雍也》

名不正，则言不顺；言不顺，则事不成；事不成，则礼乐不兴；礼乐不兴，则刑罚不中；刑罚不中，则民无所措手足。

——《子路》

好仁不好学，其蔽也愚；好知不好学，其蔽也荡；好信不好学，其蔽也贼；好直不好学，其蔽也绞；好勇不好学，其蔽也乱；好刚不好学，其蔽也狂。

——《阳货》

《论语》中的偶句形式多样，有单句对、长句对、组合对等，而且数量也较多。

《孟子》是记录孟子言论的书。孟子师承孔子之孙孔伋，不但继承了孔子的思想，而且曾效仿孔子带领门下弟子到各国游说。可以推想，孟子的“口才”应该不错。姜书阁先生在《骈文史论》中说：“《孟子》之文，语言流畅，气势浩瀚，先秦散文，罕有能及之者。然而，若略寻绎，其中亦不乏丽辞。”

> 非其君不事，非其民不使；治则进，乱则退，伯夷也。何事非君，何使非民；治亦进，乱亦进，伊尹也。可以仕则仕，可以止则止，可以久则久，可以速则速，孔子也。皆古圣人也，吾未能有行焉。乃所愿，则学孔子也。
>
> ——《公孙丑上》
>
> 无恻隐之心，非人也；无羞恶之心，非人也；无辞让之心，非人也；无是非之心，非人也。恻隐之心，仁之端也；羞恶之心，义之端也；辞让之心，礼之端也；是非之心，智之端也。
>
> ——《公孙丑上》
>
> 目不视恶色，耳不听恶声。非其君不事，非其民不使。治则进，乱则退。横政之所出，横民之所止。
>
> ——《万章下》

◎ 孟子

《孟子》之文善于说理，所以不管是工整的偶句还是字句略有参差，多用铺排之法，这对骈文的铺排有一定的影响。

《荀子》一书结构严谨，说理透彻，有很强的逻辑性，语言丰富，善用比喻，排比偶句很多，而且还开创了直接以赋为名的文学体裁。因此，《荀子》对骈文的影响较大。

目不能两视而明，耳不能两听而聪。

——《劝学》

道虽迩，不行不至。事虽小，不为不成。

——《修身》

锲而舍之，朽木不折；锲而不舍，金石可镂。

——《劝学》

蓬生麻中，不扶而直；白沙在涅，与之俱黑。

——《劝学》

吾尝终日而思矣，不如须臾之所学也；吾尝跂而望矣，不如登高之博见也。登高而招，臂非加长也，而见者远；顺风而呼，声非加疾也，而闻者彰。假舆马者，非利足也，而致千里；假舟楫者，非能水也，而绝江河。君子生非异也，善假于物也。

——《劝学》

可见，《荀子》一书有正对，有反对，有单句对，有长句对，而且有的篇章几乎可以看作一篇对偶之文。《荀子》对骈文的影响可谓大矣。

（2）道家诸子中的丽辞

道家崇尚自然，其创始人是老子，主要代表人物是老子和庄子。

◎ 老子

《老子》又名《道德经》，全书只有五千余字，言简意赅而且有韵，善用比喻和民间谣谚。于景祥先生在《中国骈文通史》中认为，老子文章的突出特色是"寓骈于散，精于对偶"。因此，《老子》中也不乏对偶之句。

道可道，非常道；名可名，非常名。无名，天地始；有名，万物母。常无，欲观其妙；常有，欲观其徼。

——《第一章》

道生一，一生二，二生三，三生万物。

——《第四十二章》

其政闷闷，其人醇醇；其政察察，其人缺缺。

——《第五十八章》

知者不言，言者不知。

——《第五十八章》

信言不美，美言不信。善者不辩，辩者不善。知者不博，博者不知。

——《第八十一章》

由上可见《老子》中对偶形式的多样性，有叠字对、回文对、顶针对、参差对等，而且文中的对偶之句相当多。刘麟生在《中国骈文史》中对《老子》的评价是："今不论其用韵之方，且一观其裁对之法，已觉鱼龙曼衍，变化多方。"

庄子继承了老子"道法自然"的观念，其散文很有特色，想象丰富又很浪漫，多以虚构的寓言故事作为论说的依据，对后世骈文的用典和夸饰具有重要影响。

> 北冥有鱼，其名为鲲。鲲之大，不知其几千里也。化而为鸟，其名为鹏。鹏之背，不知其几千里也；怒而飞，其翼若垂天之云。是鸟也，海运则将徙于南冥。南冥者，天池也。
>
> 楚之南有冥灵者，以五百岁为春，五百岁为秋；上古有大椿者，以八千岁为春，八千岁为秋。

《逍遥游》中的这两段文字虽然不是很整齐的对偶，却极尽夸张手法。

在对偶方式上，《庄子》中几乎出现了骈文中所有的对偶方式。

单句对：

> 天地与我并生，万物与我为一。
>
> ——《齐物论》

叠字对：

> 大知闲闲，小知间间；大言炎炎，小言詹詹。
>
> ——《齐物论》

回文对：

方生方死，方死方生；方可方不可，方不可方可；因是因非，因非因是。

——《齐物论》

隔句对：

六合之外，圣人存而不论；六合之内，圣人论而不议。

——《齐物论》

长偶对：

大道不称，大辩不言，大仁不仁，大廉不嗛，大勇不忮。道昭而不道，言辩而不及，仁常而不成，廉清而不信，勇忮而不成。

——《齐物论》

仅一篇《齐物论》，其对偶已如此丰富，《庄子》对后世骈文的影响可以想见。

5. 楚辞中的丽辞

◎ 屈原

“楚辞”是战国时代的伟大诗人屈原创造的一种诗歌体裁。汉代刘向把屈原及宋玉等人的作品编辑成集，称为《楚辞》，并成为继《诗经》之后的又一部诗歌总集。由于屈原的《离骚》是《楚辞》中的代表作，故《楚辞》又称骚或骚体。《楚辞》虽是诗歌体裁，但在整个文学史上都具有重要的地位。刘勰在《文心雕龙·辨骚》中讲：“固知《楚辞》者，体慢于三代，而风雅于战国，乃《雅》《颂》之博徒，而词赋之英杰也。”也就是说，《楚辞》上承三代之文，下启词赋之体，是从诗向赋过渡的媒介。因此，《楚辞》应具有诗的特点、赋的特色。

《楚辞》中的丽辞偶句：

①惟草木之零落兮，恐美人之迟暮。

——《离骚》

②朝饮木兰之坠露兮，夕餐秋菊之落英。

——《离骚》

③云容容兮而在下，杳冥冥兮羌昼晦。

——《九歌·山鬼》

④雷填填兮雨冥冥，风飒飒兮木萧萧。

——《九歌·山鬼》

⑤燕雀乌鹊，巢堂坛兮；露申辛夷，死林薄兮。

——《九章·涉江》

⑥其小无内兮，其大无垠。

——《远游》

《楚辞》多用语气词“兮”，所以算不上严格的对偶，但如果去掉这些语气词，就是十分工整的偶句了。从偶句形式来说，《楚辞》既有单句对，如①②，也有隔句对，如⑤，既有叠字对，如③④，也有当句对，如④。从字数上来说，《楚辞》多四字句、六字句及四、四组合句和六、六组合句，当然也有三字句和七字句，不过相对较少。

《楚辞》的用典：

说操筑于傅岩兮，武丁用而不疑。

吕望之鼓刀兮，遭周文而得举。

——《离骚》

“说操筑于傅岩兮”句中，“说”是人名，指傅说，“傅岩”是地名。我们可能对孟子的“傅说举于版筑之间”更熟悉，意思是说傅说虽是个贤人，却遭遇刑罚，在傅岩这个地方筑墙，也就相当于现在的建筑工人或建筑工地上搬砖运泥的小工，后来殷高宗武丁梦见工地上有位贤人，就派人去寻找，果然找到了傅说，然后用为宰相。“吕望之鼓刀兮”句按汉代王逸的注释，是说吕望公姜子牙避纣居东海之滨，听说文王作兴，欲往归之，途中因贫而在朝歌做了屠夫，后来在渭水之滨钓鱼，被从此经过的周文王“发掘”，因而将其带回去做了国师。屈原用这两个贤者得举的典故来感慨自己的不幸遭遇。

伍子逢殃兮，比干菹醢。

——《九章·涉江》

“伍子”指伍子胥，曾建议吴王夫差伐越，夫差不听，并赐剑令其自杀，后来吴国被越国所灭。比干是纣王的叔叔，纣王因被妲己迷惑，作漕丘酒池，日夜饮酒，不理朝政，残忍无比。比干劝谏，纣王十分生气，就对朝臣说：“我听说圣人的心有七个孔，把比干的心剖开，大家看看是否有七个孔。”于是比干因谏而被杀。屈原用忠臣劝谏而被杀之典故来暗指怀王信谗而自己被放逐之事，表达了自己的忠心及忧心。

《楚辞》中的典故还有很多，不一一列举。可见其用典已相当熟练而自如，这对后世骈文用典起到了很好的典范作用。

关于《楚辞》中的词采，《文心雕龙·辨骚》是这样评价的："故《骚经》《九章》，朗丽以哀志；《九歌》《九辩》，绮靡以伤情；《远游》《天问》，瑰诡而慧巧；《招魂》《招隐》，耀艳而深华；《卜居》标放言之致；《渔父》寄独往之才。故能气往轹古，辞来切今，惊采绝艳，难与并能矣。"

浴兰汤兮沐芳，华采衣兮若英。

——《九歌·云中君》

绿叶兮素枝，芳菲菲兮袭予。

——《九歌·少司命》

秋兰兮青青，绿叶兮紫茎。

——《九歌·少司命》

朝饮木兰之坠露兮，夕餐秋菊之落英。

——《离骚》

结微情以陈词兮，矫以遗夫美人。

——《九章·抽思》

《楚辞》好用兰花、香草、美人等来作比喻，而且爱用色彩鲜明的词汇，这对骈文在藻饰方面有一定的影响。

《楚辞》对骈文的影响是多方面的，与骈文的关系十分密切。日本学者铃木虎雄在《赋史大要》中对《楚辞》与骈文的关系论述得十分恰当："中国文章中极侈丽者，有四六文；欲知四六文，必解一般骈文；欲知一般骈文，必解汉赋；欲知汉赋，必解楚骚。"

骈文滥觞于先秦时代，由古代民间谣谚到六经、诸子、史传中的丽辞偶句，再到楚辞的偶对、用典、藻饰，至此，骈文的萌芽已逐渐完成。

（二）秦、汉骈文的发展

1. 秦代骈文的发展

战国末期，秦国出现了一位"旷世奇才"——嬴政，他结束了春秋战国长达几百年的混乱局面。统一之后，这位一心想要其子孙可以统治到万世的始皇帝不仅不重视"文化建设"，还烧了书，埋了知识分子，以至于只到二世就亡国了（"焚书坑儒"只是亡国原因之一）。秦朝存在时间很短，公元前221年统一，公元前207年就被推翻了，在学术文化上也没有什么大的成就，但并不是说秦朝对文化发展一点儿贡献也没有。比如，骈文的萌芽发展过程并没有因为书被烧了而中断。秦朝对骈文的发展有重要影响的是李斯。

李斯，原来是楚国上蔡（今属河南）人，但由于其"业绩"的取得主要是在秦国，我们更熟悉的是秦国的李斯。成

◎ 李斯

名之前，李斯只是一个小吏，在比较了厕所里的老鼠和粮仓里的老鼠之后，悟出了一个成功的道理——环境决定论，于是拜荀卿（荀子）为师，学习了一个将来能有很好的“就业环境及前景”的专业——帝王之术。学成之后，李斯选了一个潜力股（秦王）进行投资，做了秦王的客卿，后来还真成了秦朝著名的丞相。可能李斯通过自己的成功而发现了“知识改变命运”的道理，于是就建议秦始皇把书烧了，再禁止私学。不管李斯一生的功过该如何评定，可以肯定的是，在师从荀子时还是得到了真传。

先看李斯的代表作《谏逐客书》中的两段对骈文发展的影响。

今陛下致昆山之玉，有随和之宝，垂明月之珠，服太阿之剑，乘纤离之马，建翠凤之旗，树灵鼍之鼓。此数宝者，秦不生一焉，而陛下说之，何也？必秦国之所生然后可，则是夜光之璧不饰朝廷，犀象之器不为玩好，郑卫之女不充后宫，而骏良駃騠不实外厩；江南金锡不为用，西蜀丹青不为采。所以饰后宫，充下陈，娱心意，悦耳目者，必出于秦然后可，则是宛珠之簪，傅玑之珥，阿缟之衣，锦绣之饰，不进于前，而随俗雅化，佳冶窈窕，赵女不立于侧也。夫击瓮叩缶，弹筝搏髀，而歌呼呜呜快耳者，真秦之声也。郑卫桑间，《韶》《虞》《舞》《象》者，异国之乐也。今弃击瓮叩缶而就郑、卫，退弹筝而取《韶》《虞》，若是者何也？快意当前，适观而已矣。今取人则不然，不问可否，不论曲直，非秦者去，为客者逐，然则是所重者在乎色、乐、珠、玉，而所轻者在乎人民也。此非所以跨海内制诸侯之术也。

臣闻地广者粟多，国大者人众，兵强则士勇。是以泰山不让土壤，故能成其大；河海不择细流，故能就其深；王者不却众庶，故能明其德。是以地无四方，民无异国，四时充美，鬼神降福，此五帝三王之所以无敌也。今乃弃黔首以资敌国，却宾客以业诸侯，使天下之士退而不敢西向，裹足不入秦，此所谓藉寇兵而赍盗粮者也。

李兆洛在《骈体文钞》中对此文的评价很高，认为是骈文的开山之作。有整齐的偶对之句，如“泰山不让土壤，故能成其大；河海不择细流，故能就其深；王者不却众庶，故能明其德”；有语言华丽藻饰之句，如“致昆山之玉，有随和之宝，垂明月之珠，服太阿之剑，乘纤离之马，建翠凤之旗，树灵鼍之鼓”等。这是李斯对战国后期文章偶辞特色的继承，同时，他又开启了汉赋的发展，这就为文章进一步向骈体化方向发展做出了贡献。如，第一段的主要意思就是最后一句，劝谏秦王不要“非秦者去”，前面大篇的篇幅都没有涉及这一中心，这正是汉代大赋铺张扬厉的特色。因此，骈文在萌芽发展过程中，李斯在先秦文章向汉赋的转变中起到了过渡的作用。

2. 两汉骈文的发展

西汉建立之初，由于高祖本人比较粗豪，对文人之事也不甚感兴趣，虽不像秦始皇那样把知识分子给埋了，却也曾发生过侮辱知识分子的事件。因此，汉初文章仍以质朴为主。文景之后，社会安定，经济也逐渐繁荣起来，为文化的发展提供了适宜的土壤，文风也开始发生变化，趋向华丽。西汉中期，武帝好大喜功，为了迎合其喜好，出现了以赋为职业者，汉赋达到了极盛。此后渐衰，经过西汉末期的动荡，东汉抒情小赋渐渐取代了大赋的地位。汉代是赋的形成、发展、成熟、衰变期，也是骈文形成过程中的一个重要阶段。

（1）汉初之赋

汉初是文章由朴实逐步向繁复过渡的时代，也是赋的形成阶段。这时以陆贾、贾谊、晁错、枚乘等人的文章为代表，现选其一二而言之。

陆贾，楚人，刘邦的老乡，早年作为门客跟随刘邦打天下，因其口才极好，所以常做一些公关、外交之类的工作。天下既定，高祖重武轻文，陆贾就经常在高祖面前称赞《诗》《书》，被高祖大骂了一通：你这个书呆子，《诗》《书》有什么用？我的天下是靠武力打下的。陆贾也不怕顶撞刘邦，于是留下了千古传颂的名言：“居马上得之，宁可以马上治之乎？”刘邦虽然不高兴，但还是比较善于接受意见的，就命陆贾写几篇关于秦亡的文章。陆贾上奏的每一篇，都获得了高祖的欣赏，就名其书为《新语》。

看《新语·道基》中的首尾两段：

> 传曰：“天生万物，以地养之，圣人成之。”功德参合，而道术生焉。故曰：张日月，列星辰，序四时，调阴阳，布气治性，次置五行。春生，夏长，秋收，冬藏。阳生雷电，阴成霜雪，养育群生，一茂一亡。润之以风雨，曝之以日光，温之以节气，降之以殒霜，位之以众星，制之以斗衡，苞之以六合，罗之以纪纲，改之以灾变，告之以祯祥，动之以生杀，悟之以文章。故在天者可见，在地者可量，在物者可纪，在人者可相。故地封五岳，画四渎，规洿泽，通水泉。树物养类，苞植万根，暴形养精，以立群生，不违天时，不夺物性，不藏其情，不匿其诈……

仁者道之纪，义者圣之学。学之者明，失之者昏，背之者亡。陈力就列，以义建功，师旅行阵，德仁为固，仗义而强，调气养性，仁者寿长，美才次德，义者行方。君子以义相褒，小人以利相欺，愚者以力相乱，贤者以义相治。

文中多是偶对之句，已不像先秦文献中偶有丽辞之句，而是刻意为之，几乎通篇皆对。姜书阁先生在《骈文史论》中说："陆贾《新语》，实全用骈用韵，无异于赋。"这篇文章还相对"平淡"，留有先秦文章的质朴之风，但已开始自觉追求文句的骈化，这种倾向也有利于赋之铺陈的形成。

枚乘，淮阴人，曾是吴王刘濞、梁王刘武的文学侍从，但因其多次上书劝谏吴王，故并未因吴王刘濞发动七国之乱而遭殃。七国之乱后，枚乘反而得以升官，景帝给了他个弘农都尉的官做，他竟然因为不喜欢而辞官不做。武帝继位后以"安车蒲轮"征用他时，因年老而死于途中。

枚乘在文学上的主要成就是辞赋。于景祥先生在《中国骈文通史》中，对枚乘辞赋风格的评价是"藻采纷呈，丽语连篇，开扬、马之先河，启班、张之后进"。而其辞赋又以《七发》的成就最高，被认为是汉代散体大赋正式形成的标志。《七发》的影响是在赋中形成了一种文体——七体，以至于后世出现了很多以七为标题的文章，如《七广》《七讽》《七谟》

《七命》《七辩》《七召》等。

《七发》主要是假托楚太子有病，吴客前去探望，以互相问答的形式构成一篇讽谏性的文字。先借吴客之口，分析楚太子病因：贪逸享乐、荒淫奢侈；接着吴客用七种办法启发太子，先以音乐之美、饮食之丰、车马之盛、宫苑之宏深、田猎之娱情、观涛之赏心悦目劝之，均未行通；最后推荐文学方术之士“论天下之精微，理万物之是非”，才“霍然病已”。

现选录《七发》中的“曲江观涛”这一段文字，以示其对赋和骈文的影响：

> 客曰：“将以八月之望，与诸侯远方交游兄弟，并往观涛乎广陵之曲江。至则未见涛之形也。徒观水力之所到，则恤然足以骇矣。观其所驾轶者，所擢拔者，所扬汩者，所温汾者，所涤汔者，虽有心略辞给，固未能缕形其所由然也。怳兮忽兮，聊兮慄兮，混汩汩兮。忽兮慌兮，俶兮傥兮。浩瀇瀁兮，慌旷旷兮。秉意乎南山，通望乎东海。虹洞兮苍天，极虑乎崖涘。流揽无穷，归神日母。汩乘流而下降兮，或不知其所止。或纷纭其流折兮，忽缪往而不来。临朱汜而远逝兮，中虚烦而益怠。莫离散而发曙兮，内存心而自持。于是澡溉胸中，洒练五藏，澉澹手足，颓濯发齿，揄弃恬怠，输写淟浊。分决狐疑，发皇耳目。当是之时，虽有淹病滞疾，犹将伸伛起躄，发瞽披聋

而观望之也。况直眇小烦懑，酲醲病酒之徒哉！故曰：发蒙解惑不足以言也。”太子曰：“善！然则涛何气哉？”

这段曲江观涛，已不像陆贾《新语》的偶对那么严整，且铺排渲染的成分大大增加，但也不乏丽辞偶对，对汉赋向骈体化方向发展具有重要影响和启示作用。

（2）汉赋大盛

枚乘《七发》的出现，标志着汉代大赋的正式形成。受其影响较大的有西汉的司马相如、扬雄等人。司马氏是汉代第一位作为辞赋家而名垂千古者。

司马相如，蜀郡成都人。景帝时做过武骑常侍，因非出于所好，于是称病辞官，一壶酒、一把剑，“浪迹天涯”去了。在梁时，与枚乘、邹阳等辞赋家交往甚密，受他们影响较大，作《子虚赋》，树立了我们所熟知的子虚、乌有先生的文学形象。后来又回到成都时，家徒四壁，然而一首《凤求凰》不但赢得了美人归，还解决了经济困难。司马先生看上的可不是一个普通的美人，而是临邛富豪卓王孙那才貌双全的女儿卓文君。

武帝继位后，读其《子虚赋》而爱之，武帝身边掌管猎犬之事的杨得意恰是司马相如的老乡，在其推荐下，武帝召之，乃为《上林赋》。此后，跟随武帝，成为“专业”赋者。

司马相如辞赋的特色及其对骈文的影响，首先体现在藻饰

◎《汉宫春晓图》

文辞、注重色彩方面，这对骈文的影响是不言而喻的。

如“其土则丹青赭垩，雌黄白坿，锡碧金银，众色炫耀，照烂龙鳞”；“左苍梧，右西极，丹水更其南，紫渊径其北”；“其西则有涌泉清池，激水推移；外发芙蓉菱华，内隐钜石白沙。其中则有神龟蛟鼍，玳瑁鳖鼋。其北则有阴林，其树楩楠豫章，桂椒木兰，檗离朱杨，樝梸梬栗，橘柚芬芳。其上则有鹓雏孔鸾，腾远射干。其下则有白虎玄豹，蟃蜒貙犴”。

其次，司马相如的辞赋亦注重对偶的变化与工整。

如“于是乃使专诸之伦，手格此兽。楚王乃驾驯驳之驷，乘雕玉之舆，靡鱼须之桡旃，曳明月之珠旗，建干将之雄戟，左乌号之雕弓，右夏服之劲箭；阳子骖乘，纤阿为御；案节未舒，即陵狡兽，蹴蛩蛩，辚距虚，轶野马，轊陶駼，乘遗风，射游骐；倏眒倩浰，雷动猋至，星流霆击，弓不虚发，中必决眦，洞胸达腋，绝乎心系，获若雨兽，揜草蔽地”；“于是郑女曼姬，被阿緆，揄纻缟，杂纤罗，垂雾縠；襞积褰绉，纡徐委曲，郁桡谿谷；衯衯裶裶，扬袘戌削，蜚襳垂髾；扶与猗靡，翕呷萃蔡，下靡兰蕙，上拂羽盖；错翡翠之威蕤，缪绕玉绥；眇眇忽忽，若神仙之髣髴”。

这两段文字多是偶对之句且对仗工整，又能注意句式长短的变化，有三字句、四字句、六字句，还有七字句，但以四字和六字句为主。

于是乎离宫别馆，弥山跨谷，高廊四注，重坐曲阁，华榱璧珰，辇道纚属，步櫩周流，长途中宿。夷嵕筑堂，累台增成，岩窔洞房，頫杳眇而无见，仰攀橑而扪天，奔星更于闺闼，宛虹拖于楯轩。青虬蚴蟉于东箱，象舆婉僤于西清，灵圄燕于间馆，偓佺之伦暴于南荣，醴泉涌于清室，通川过乎中庭。盘石振崖，嵚岩倚倾，嵯峨嵲嵘，刻削峥嵘，玫瑰碧琳，珊瑚丛生，瑉玉旁唐，玢豳文鳞，赤瑕驳荦，杂臿其间，晁采琬琰，和氏出焉。

此段出自《子虚赋》的下篇《上林赋》，姜书阁先生对《上林赋》的评价较高：“《上林》较前篇远为巨丽：篇幅长达一倍以上，文章更多骈对，而铸词造语，藻采纷披；岂独繁类成艳，抑且声和韵谐。方之前篇，后来居上；求诸古人，绝无仅有。”

可见，汉赋自司马相如起已开始骈化，这对骈文的发展有重要的推动作用。刘麟生先生说：“以文体论，赋最有助于骈文。”

在大赋方面的成就与“知名度”上，可与司马相如相媲美的是西汉后期的扬雄。扬雄也是蜀郡成都人，可能因为口吃，比较安静又爱好深思，家产不过十金，在当时是很穷的，但扬雄能够安于平淡，“不汲汲于富贵，不戚戚于贫贱，不修廉隅以徼名当世”。四十岁后，扬雄来到京师，成为“漂一族”，

◎ 扬雄

后来在老乡的引荐下被喜爱辞赋的成帝召入宫廷，侍从祭祀游猎，任给事黄门郎。官职一直很低微，而且历成、哀、平“三世不徙官”。王莽称帝后，扬雄校书于天禄阁。后受他人牵累，即将被捕，于是跳楼自杀，未摔死，又被召为大夫。

扬雄早年非常羡慕司马相如，因此，常模仿司马相如作赋，如《甘泉赋》《羽猎赋》《长杨赋》等。扬雄之赋另有一番特色者，如《解嘲》《逐贫赋》等。同时，扬雄“又怪屈原文过相如”，故又仿《离骚》而作《反离骚》，仿《惜诵》至《怀沙》作《畔牢愁》。晚年，扬雄则认为作赋乃“童子雕虫篆刻”之事，不是大人所为。

扬雄仿楚辞之作品现仅存《反离骚》，其中有不少偶辞俪语，如“卷薜芷与若蕙兮，临湘渊而投之；棍申椒与菌桂兮，赴江湖而沤之”“衿芰茄之绿衣兮，被夫容之朱裳”等。

扬雄的大赋以《甘泉》《河东》《羽猎》《长杨》四赋成就最高，其中偶句最多，骈化程度最大。如《河东赋》：“灵祇既乡，五位时叙，絪缊玄黄，将绍厥后。于是灵舆安步，周流容与，以览乎介山。嗟文公而愍推兮，勤大禹于龙门，洒沈菑于豁渎兮，播九河于东濒。登历观而遥望兮，聊浮游以经营。乐往昔之遗风兮，喜虞氏之所耕。瞰帝唐之嵩高兮，脉隆周之大宁。汨低回而不能去兮，行睨陔下与彭城。涉南巢之坎坷兮，易豳岐之夷平。乘翠龙而超河兮，陟西岳之峣崝。云霏霏而来迎兮，泽渗漓而下降，郁萧条其幽蔼兮，滃泛沛以丰隆。叱风伯于南北兮，呵雨师于西东，参天地而独立兮，廓荡荡其亡双。”

如《羽猎赋》：“于是玄冬季月，天地隆烈，万物权舆于内，徂落于外，帝将惟田于灵之囿，开北垠，受不周之制，以终始颛顼、玄冥之统。乃诏虞人典泽，东延昆邻，西驰阊阖。储积共偫，戍卒夹道，斩丛棘，夷野草，御自汧、渭，经营酆、镐，章皇周流，出入日月，天与地沓。尔乃虎路三嵕以为司马，围经百里而为殿门。外则正南极海，邪界虞渊，鸿濛沆茫，碣以崇山。营合围会，然后先置乎白杨之南，昆明灵沼之东。贲、育之伦，蒙盾负羽，杖镆邪而罗者以万计，其余荷垂天之毕，张竟野之罘，靡日月之朱竿，曳彗星之飞旗。青云为纷，红蜺为缳，属之乎昆仑之虚，涣若天星之罗，浩如涛水之波，淫淫与与，前后要遮。欃枪为闉，明月为候，荧惑司命，天弧发射，鲜扁陆离，骈衍佖路。徽车轻武，鸿絧緁猎，殷殷轸轸，被陵缘阪，穷冥极远者，相与迾乎高原之上；羽骑营营，盷分殊事，缤纷往来，轠轳不绝，若光若灭者，布乎青林之下。”

◎《汉朝的狩猎图》(局部，壁画)

扬雄之赋确有司马相如之赋风，辞采纷呈，铺张扬厉。姜书阁先生在《骈文史论》中说：“其文似相如而加丽，形同《子虚》而多风，体仍大赋而益骈；虽亦出于模拟，而立意构思，造词谋篇，诚尚有其独具的特点，效法前人而不为前人所囿，故时虽远后于相如，而称汉赋者莫不并举‘马、扬’。”可见，扬雄之赋的骈体化倾向更加明显，其对骈文的影响也更大。

刘勰认为司马相如的《上林赋》“繁类以成艳”，举类过多，文辞艳丽，确实容易使大赋走向文风虚浮的道路。扬雄作赋虽拟司马相如，但他亦看到了大赋的这种不足，而且进一步认识到大赋也没有达到应有的讽谏作用，于是作赋不再为劝谏，而是转为自抒情怀，如《解嘲》《酒箴》《逐贫赋》等。

《逐贫赋》构思新颖，四字一句，是较有特色的小赋。现录其全文如下：

扬子遁世，离俗独处。左邻崇山，右接旷野，邻垣乞儿，终贫且窭。礼薄义弊，相与群聚，惆怅失志，呼贫与语："汝在六极，投弃荒遐。好为庸卒，刑戮相加。匪惟幼稚，嬉戏土沙。居非近邻，接屋连家。恩轻毛羽，义薄轻罗。进不由德，退不受呵。久为滞客，其意谓何？人皆文绣，余褐不完；人皆稻粱，我独藜飧。贫无宝玩，何以接欢？宗室之燕，为乐不期。徒行负赁，出处易衣。身服百役，手足胼胝。或耘或耔，沾体露肌。朋友道绝，进宫凌迟。厥咎安在？职汝为之！舍汝远窜，昆仑之颠；尔复我随，翰飞戾天。舍尔登山，岩穴隐藏；尔复我随，陟彼高冈。舍尔入海，泛彼柏舟；尔复我随，载沉载浮。我行尔动，我静尔休。岂无他人，从我何求？今汝去矣，勿复久留！"

贫曰："唯唯。主人见逐，多言益嗤。心有所怀，愿得尽辞。昔我乃祖，宣其明德，克佐帝尧，誓为典则。土阶茅茨，匪雕匪饰。爰及季世，纵其昏惑。饕餮之群，贪富苟得。鄙我先人，乃傲乃骄。瑶台琼榭，室屋崇高；流酒为池，积肉为崤。是用鹄逝，不践其朝。三省吾身，谓予无諐。处君之家，福禄如山。忘我大德，思我小怨。堪寒能暑，少而习焉；寒暑不忒，等寿神仙。桀跖不顾，贪类不干。人皆重蔽，予独露居；人皆怵惕，予独无虞！”言辞既罄，色厉目张，摄齐而兴，降阶下堂。“誓将去汝，适彼首阳。孤竹二子，与我连行。”

余乃避席，辞谢不直：“请不贰过，闻义则服。长与汝居，终无厌极。”贫遂不去，与我游息。

可以看出这篇《逐贫赋》已没有了大赋的“举类以成艳”，也没有了大赋的铺张扬厉，而是重在叙事、说理，通过假托扬子与“贫”的对话，表现了作者对“贫”之态度的变化，由厌贫、怨贫到甘贫、安贫。此赋当为扬雄晚年之作，也就是认识到大赋起不到劝谏的作用后而作。

汉赋（一般指大赋）大盛于西汉中期，以司马相如影响最大。一直到西汉后期的扬雄，作赋还以相如为效仿对象。但是后来扬雄也认识到大赋的不足之处，所以后期作品风格与大赋迥异，只是扬雄还未对大赋进行改革和创新，不过其赋风的转变对东汉之赋产生了重要的影响。

（3）东汉之赋

西汉大赋盛极而衰，至后期已有所变。再经过汉末的战乱与动荡，民生凋敝，大赋歌功颂德的环境已不存在，而且自大赋上颇有成就的扬雄起就已察觉到大赋体制存在的问题，因此，东汉之赋变革的条件已经具备并且成熟。刘勰在《文心雕龙·时序》中论述了东汉文章之变化："然中兴之后，群才稍改前辙，华实所附，斟酌经辞，盖历政讲聚，故渐靡儒风者也。降及灵帝，时好辞制，造羲皇之书，开鸿都之赋，而乐松之徒，招集浅陋，故杨赐号为驩兜，蔡邕比之俳优，其余风遗文，盖蔑如也。"

东汉抒情小赋的确立、发展也经历了一个渐进甚至反复的过程。班彪被认为是东汉小赋之首创者，其子班固不仅是我们所熟知的历史学家，还是作赋之能手，东汉末年的蔡邕也是赋坛上不可不提的一员"大将"。

班彪，字叔皮，扶风安陵（今陕西咸阳东北）人。班彪生于西汉末王莽摄政之时，二十岁该有所为的时候赶上了更始之败。东汉建立之初，班彪在仕途上不得意，而他很有才华又爱好写作，于是专心"搞学术"，写出《史记后传》数十篇。班彪在文学上的成就要数《北征赋》了，此赋开东汉抒情小赋之首，对整个东汉赋风的转变产生重要影响。现录《北征赋》之数语如下：

登赤须之长阪，入义渠之旧城。忿戎王之淫狡，秽宣后之失贞。嘉秦昭之讨贼，赫斯怒以北征。……遂舒节以远逝兮，指安定以为期。涉长路之绵绵兮，远纡回以樛流。过泥阳而太息兮，悲祖庙之不修。释余马于彭阳兮，且弭节而自思。日晻晻其将暮兮，睹牛羊之下来。寤旷怨之伤情兮，哀诗人之叹时。

越安定以容与兮，遵长城之漫漫。剧蒙公之疲民兮，为强秦乎筑怨。舍高亥之切忧兮，事蛮狄之辽患。不耀德以绥远，顾厚固而缮藩。首身分而不寤兮，犹数功而辞譽。何夫子之妄说兮，孰云地脉而生残……

可以看出，《北征赋》虽句式整齐，偶对之句不多，整篇以抒发作者感伤之情为主，但已取代了大赋的铺张之风，在赋史上自有其特殊的地位。

◎ 班固

班固，字孟坚，班彪之长子。据《后汉书》记载，班固绝对算得上一个天才、神童，九岁就能“属文诵诗赋，及长，遂博贯载籍，九流百家之言，无不穷究”。我们对班固的了解更多的是因为其《汉书》的成就之大及影响之深远。在文学上，班固虽未沿着其父班彪所首创的抒情小赋走下去，但其在赋学上也取得了不小的成绩，就是他的其他文体也对骈文产生了不同程度的影响。

班固之所以没有沿着父亲改革的赋体前进，有其特定的环境。班彪处在一个动乱的年代，有些学者甚至还要为明天的“面包”担忧，也就不会有那么广阔的“胸怀”去洋洋洒洒地为统治者进行歌功颂德。而班固不同，他处在东汉经济复兴之时，其赋作代表《两都赋》便是在此背景下完成。“两都”是指西都长安、东都洛阳，此赋的目的是“恐帝去洛阳，故上此词以谏，和帝大悦也”。

先看《两都赋》的“其词曰”：

有西都宾问于东都主人曰：“盖闻皇汉之初经营也，尝有意乎都河洛矣。辍而弗康，实用西迁，作我上都。主人闻其故而睹其制乎？”主人曰：“未也。愿宾摅怀旧之蓄念，发思古之幽情，博我以皇道，弘我以汉京。”宾曰：“唯唯。”

这段赋词与司马相如《子虚赋》正文前的“小序”十分相似，只是比起相如的“赋序”来说，多了工整的骈偶之句，如“主人曰”的后四句。由赋之始即可看出《两都赋》当为效仿西汉大赋之作，但又不可避免地受到东汉之赋的影响。

再看《两都赋》之下文：

汉之西都，在于雍州，寔曰长安。左据函谷二崤之阻，表以太华、终南之山。右界褒斜陇首之险，带以洪河、泾、渭之川。众流之隈，汧涌其西。华实之毛，则九州之上腴焉；防御之阻，则天地之隩区焉。是故横被六合，三成帝畿。周以龙兴，秦以虎视。及至大汉受命而都之也，仰悟东井之精，俯协河图之灵。奉春建策，留侯演成。天人合应，以发皇明，乃眷西顾，寔惟作京。

于是睎秦岭，睋北阜，挟沣灞，据龙首。图皇基于亿载，度宏规而大起。肇自高而终平，世增饰以崇丽，历十二之延祚，故穷泰而极侈。建金城而万雉，呀周池而成渊。披三条之广路，立十二之通门。内则街衢洞达，闾阎且千，九市开场，货别隧分。人不得顾，车不得旋。阗城溢郭，旁流百廛，红尘四合，烟云相连。于是既庶且富，娱乐无疆。都人士女，殊异乎五方；游士拟于公侯，列肆侈于姬姜。乡曲豪举，游侠之雄，节慕原尝，名亚春陵，连交合众，骋骛乎其中。若乃观其四郊，浮游近县，则南望杜霸，北眺五陵，名都对郭，邑居相承。英俊之域，绂冕所兴，冠盖如云，七相五公。与乎州郡之豪杰，五都之货殖，三选七迁，充奉陵邑。盖以强干弱枝，隆上都而观万国也。

这两段已可看出《两都赋》之特点，几乎全用骈对之句，且句式灵活多变，有三字句、四字句、五字句、六字句等；又有大赋之铺陈，如第二段把西京之繁华场景渲染得淋漓尽致。班固之《两都赋》篇幅较长，不再全录其文。

《东都赋》则通过“往者，王莽作逆，汉祚中缺，天人致诛，六合相灭。于时之乱，生人几亡，鬼神泯绝，壑无完柩，郛罔遗室，原野厌人之肉，川谷流人之血。秦项之灾，犹不克半，书契以来未之或纪”和“于是圣皇乃握乾符，阐坤珍，披皇图，稽帝文，赫然发愤，应若兴云，霆击昆阳，凭怒雷震。……至乎永平之际，重熙而累洽，盛三雍之上仪，修衮龙之法服。铺鸿藻，信景铄，扬世庙，正雅乐，人神之和允洽，群臣之序既肃”之对比，主要是凸显“现任领导”的功德，并对其进行歌颂。

因此，姜书阁先生认为班固之《两都赋》是“复古倒退，强以司马相如等前朝‘先臣之旧式’，继‘国家之遗美’，仍写这已衰的铺陈大赋，且更加冗长”。班固虽复古倒退，也有其特定的环境，但东汉抒情小赋的发展已成为必然之趋势，班固之赋对骈文的影响也是不可低估的。姜书阁先生接着谈道，“东汉文章，骈俪之风已炽，众楚人咻之，强欲为齐言而不可得也，故篇章结构虽亟力摹拟《子虚》，而语言却已成为骈体，直可目之曰‘骈体大赋’”。班固之赋只是东汉赋史上的一个插曲，无法改变整个赋坛的发展趋势。

◎ 蔡邕

蔡邕，东汉末年陈留（今属河南开封）人。“少博学”，可谓兴趣广泛，爱好辞章、数术、天文，而且精通音律，操琴也相当高明。有人告诉桓帝，蔡邕“善鼓琴”，于是皇上就召其进京表演。蔡邕无奈之下，踏上了远赴京城之路，但行至偃师时就称病回去了，并作《述行赋》以记此事。蔡邕是东汉末年最重要的文学家，其成就是多方面的，其赋、章、表、书、疏、碑文等均具备骈文之特征。

蔡邕的赋作很多，如《汉津赋》《短人赋》《琴赋》《笔赋》《青衣赋》等，均是抒情小赋。这些小赋虽有骈偶之句，但相对较少，对骈文的影响不甚明显。因此，对于其抒情小赋不作具体分析。

蔡邕的《陈政要七事》中有不少骈俪之句，如：

臣伏读圣旨，虽周成遇风，讯诸执事，宣王遭旱，密勿祇畏，无以或加。臣闻天降灾异，缘象而至。辟历数发，殆刑诛繁多之所生也。风者天之号令，所从教人也。

夫昭事上帝，则自怀多福；宗庙致敬，则鬼神以著。国之大事，实先祀典，天子圣躬所当恭事。臣自在宰府，及备朱衣，迎气五郊，而车驾稀出，四时至敬，屡委有司，虽有解除，犹为疏废。故皇天不悦，显此诸异。《鸿范传》曰：“政悖德隐，厥风发屋折木。”《坤》为地道，《易》称安贞。阴气愤盛，则当静反动，法为下叛。夫权不在上，则雹伤物；政有苛暴，则虎狼食人；贪利伤民，则蝗虫损稼。去六月二十八日，太白与月相迫，兵事恶之。鲜卑犯塞，所从来远，今之出师，未见其利。上违天文，下逆人事。诚当博览众议，从其安者。臣不胜愤满，谨条宜所施行七事表左。

虽是奏疏之文，却多用骈对，这对后世章、表、书、奏几乎全用骈俪之文具有重要影响。

蔡邕的另一个重要成就是碑铭之作，现存尚有近四十篇。清代李兆洛认为：“表墓之文，中郎为正宗。”（蔡邕官至左中郎将，所以称之为中郎，其文集亦名《蔡中郎集》）这还未谈到蔡邕碑文与骈文的关系，于景祥先生在《中国骈文通史》中讲得十分明确：“中国古之碑铭文字虽蔡邕之前已有之，但以骈体文为之则自蔡邕始，此后成为此类文体之规范。”

蔡邕较有名的碑文如《文选》所收录的《陈太丘碑》：

先生讳实，字仲弓，颍川许昌人也。含元精之和，应期运之数，兼资九德，总修百行。于乡党则恂恂焉，彬彬焉，善诱善导，仁而爱人，使夫少长咸安怀之。其为道也：用行舍藏，进退可度，不徼讦以干时，不迁贰以临下。四为郡功曹，五辟豫州，六辟三府，再辟大将军，宰闻喜半岁，太丘一年。德务中庸，教敦不肃，政以礼成，化行有谧。会遭党事，禁锢二十年，乐天知命，澹然自逸，交不谄上，爱不黩下，见几而作，不俟终日。及文书赦宥时，年已七十。遂隐丘山，悬车告老，四门备礼，闲心静居。大将军何公，司徒袁公，前后招辟，使人晓谕，云欲特表，便可入践常伯，超补三事，纡佩金紫，光国垂勋。先生曰："绝望已久，饰巾待期而已。"皆遂不至。弘农杨公，东海陈公，每在衮职，群僚贺之，皆举手曰："颍川陈君，命世绝伦，大位未跻，惭于文仲窃位之负。"故时人高其德，重于公相之位也。

年八十有三，中平三年八月丙午，遭疾而终。临没顾命，留葬所卒。时服素棺，椁才周榇，丧事唯约，用过乎俭。群公百僚，莫不咨嗟；岩薮知名，失声挥涕。大将军吊祠，锡以嘉谥，曰征士陈君，禀岳渎之精，苞灵曜之纯，天不憖遗一老，俾屏我王，梁崩哲萎，于时靡宪。缙绅儒林，论德谋迹，谥曰文范先生。传曰："郁郁乎文哉。"《书》曰："洪范九畴，彝伦攸叙。"文为德表，范为士则，存诲没号，不亦宜乎。三公遣令史祭以中牢，刺史敬吊。太守南阳曹府君命官作诔曰：“赫矣陈君，命世是生。含光醇德，为士作程。资始既正，守终有令。奉礼终没，休矣清声。”遣官属掾吏，前后赴会，刊石作铭。府丞与比县会葬，荀慈明、韩元长等五百余人，缌麻设位，哀以送之。远近会葬，千人以上。河南尹种府君临郡，追叹功德，述录高行，以为远近鲜能及之。重部大掾，以成斯铭。可谓存荣没哀，死而不朽者也。乃作铭曰：

峨峨崇岳，吐符降神。于皇先生，抱宝怀珍。如何昊穹，既丧斯文？微言圮绝，来者曷闻？交交黄鸟，爰集于棘。命不可赎，哀何有极！

文章开始“含元精之和，应期运之数，兼资九德，总修百行”便是工整的骈句，整篇文章也多以偶对之句行文。由此可以说，蔡邕是碑文骈俪化的开拓者。

骈句发展至此，已具备了向骈文过渡的条件。

叁

骈文成熟

——魏晋南北朝

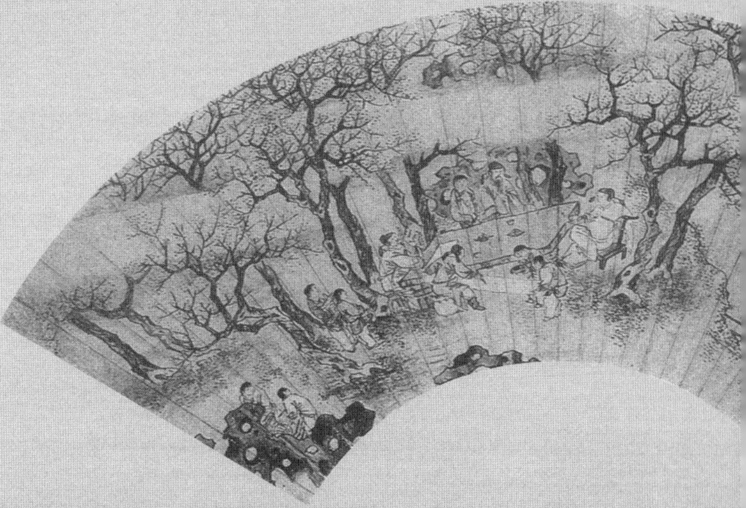

骈文自先秦文献中的丽辞偶句，发展到东汉已初具规模，到了魏晋南北朝则是骈文的成熟、兴盛期。这一时期骈文的发展可以分为三个阶段：魏晋、宋齐、梁陈。

骈文之所以兴盛于魏晋南北朝，之前的“准备工作”是必不可少的。此外，汉末至魏晋的这段时期虽然政治上较为动荡紊乱，但思想、学术氛围却是自由的。再加上这一时期的文学已开始逐渐独立，如宋文帝时于儒学、玄学、史学三馆之外另立文学馆，这就为文学的发展创造了条件。骈文的重要特征之一是讲究声韵，虽然东汉末骈俪之形已具，也偶有声律之现象，如司马相如的“一宫一商”，但创作中尚未自觉主动地运用并追求声律。魏晋时期，声律之学的兴起为骈文的发展注入了新的因素，如魏李登的《声类》、晋吕静的《韵集》。宋齐之后，佛教盛行，随着读经的需要，四声之学产生并发展。沈约对四声之学的贡献较大，其代表作为《四声谱》。此后，平、上、去、入四声形成，声韵之学的发展对骈文的影响自是不言而喻的。

魏晋南北朝之骈文成熟不仅表现在文体上，还表现在应用范围上。实际上，东汉末年的蔡邕已为骈文在多方面的应用奠定了基础。这时不仅蔡邕所开创的章、表、书、疏、碑铭等用骈文写成，就连皇帝的诏书也用骈文书写。

（一）魏、晋骈文

魏晋之时是骈文的正式形成期，讲究对偶，追求声律，用语藻饰逐渐成为为文之风气。这时期出现了不少骈文佳品及代表作家，如曹魏时期的曹植，魏晋之际以嵇康、阮籍为代表的“竹林名士”，西晋时期的陆机，东晋后期的陶渊明等。

曹植，字子建，曹操第三子，因最后封在陈郡，也称陈王，死后谥思，又称陈思王。曹植从小就很聪慧，十岁时就能诵读诗、文、辞赋数十万言，而且下笔成章。正因为他的才华，得到了曹操的宠爱，这也给他的一生带来了不幸（卷入与兄曹丕的太子之争，一直遭嫉恨）。也许正是这不幸成就了他在文学上的地位，被认为是建安文学的集大成者。曹植的成就是多方面的，主要有诗、赋、章、表、书、论等，除诗歌外，其他文章多以骈体行文。

在辞赋方面，曹植的代表作是《洛神赋》，而其中最精彩，最为后人称道的部分是对洛神宓妃的描写：

其形也，翩若惊鸿，婉若游龙，荣曜秋菊，华茂春松。髣髴兮若轻云之蔽月，飘飖兮若流风之回雪。远而望之，皎若太阳升朝霞。迫而察之，灼若芙蕖出渌波。秾纤得衷，修短合度。肩若削成，腰如约素。延颈秀项，皓质呈露。芳泽无加，铅华弗御。云髻峨峨，修眉联娟。丹唇外朗，皓齿内鲜。明眸善睐，辅靥承权。瑰姿艳逸，仪静体闲。柔情绰态，媚于语言。奇服旷世，骨像应图。披罗衣之璀粲兮，珥瑶碧之华琚。戴金翠之首饰，缀明珠以耀躯。践远游之文履，曳雾绡之轻裾。微幽兰之芳蔼兮，步踟蹰于山隅。于是忽焉纵体，以遨以嬉。左倚采旄，右荫桂旗。攘皓腕于神浒兮，采湍濑之玄芝。

余情悦其淑美兮，心振荡而不怡。无良媒以接欢兮，托微波而通辞。愿诚素之先达兮，解玉佩以要之。嗟佳人之信修，羌习礼而明诗。抗琼珶以和予兮，指潜渊而为期。执眷眷之款实兮，惧斯灵之我欺。感交甫之弃言兮，怅犹豫而狐疑。收和颜而静志兮，申礼防以自持。

于是洛灵感焉，徙倚彷徨。神光离合，乍阴乍阳。竦轻躯以鹤立，若将飞而未翔。践椒涂之郁烈，步蘅薄而流芳。超长吟以永慕兮，声哀厉而弥长。

尔乃众灵杂遝，命俦啸侣。或戏清流，或翔神渚。或采明珠，或拾翠羽。从南湘之二妃，携汉滨之游女。叹匏瓜之无匹兮，咏牵牛之独处。扬轻袿之猗靡兮，翳修袖以延伫。体迅飞凫，飘忽若神。凌波微步，罗袜生尘。动无常则，若危若安。进止难期，若往若还。转眄流精，光润玉颜。含辞未吐，气若幽兰。华容婀娜，令我忘餐。

于是屏翳收风，川后静波。冯夷鸣鼓，女娲清歌。

◎（东晋）顾恺之《洛神赋图》（宋摹本）

腾文鱼以警乘，鸣玉銮以偕逝。六龙俨其齐首，载云车之容裔。鲸鲵踊而夹毂，水禽翔而为卫。于是越北沚，过南冈，纡素领，回清阳。动朱唇以徐言，陈交接之大纲。恨人神之道殊兮，怨盛年之莫当。抗罗袂以掩涕兮，泪流襟之浪浪。悼良会之永绝兮，哀一逝而异乡。无微情以效爱兮，献江南之明珰。虽潜处于太阴，长寄心于君王。忽不悟其所舍，怅神宵而蔽光。

所引第一段主要是从洛神的形象、神态、衣着等方面进行描写，句式整齐，音韵和谐，以四言为主，间有六言、七言。赋前之序讲到“感宋玉对楚王神女之事，遂作此赋”，此文因此受屈宋楚辞之影响，文中多用秋菊、春松、芙蓉、渌波、幽兰、芳蔼等有楚辞特色的词汇。

第二段作者已不再单纯地欣赏洛神之容貌了，而是“解玉佩以要之”，向洛神发出了邀请。这段以六、七言为主，但是换了一个角度对洛神进行描绘，虽然同是写洛神，但不会给读者读汉赋那种铺排、反复的堆砌之感。这也正是曹植对赋的改革和对骈文的贡献。

接下来从动作、体态等方面刻画洛神，句式长短错落，三、四、五、六、七言均有。如果说第一段对洛神容貌的描写令人心动，那么这段对洛神的刻画，则是美得脱俗，如“凌波微步”“气若幽兰”……

从文体上来说，曹植的这篇《洛神赋》仍是赋体，但实际上已具骈文之特征，可以说已是骈俪之文。

曹植不但赋作已是骈俪之文，其他文体也是骈体文。姜书阁先生在《骈文史论》中说："他（曹植）除写有碑、诔、铭、赞、颂、哀辞等汉代文人常写的体裁外，还有论、说、序，也是骈体文。"前面也已说过，曹植的成就是多方面的，因此仅举一种体裁加以说明。在书、表类文章中，《求自试表》为其代表作品：

臣闻士之生世，入则事父，出则事君。事父尚于荣亲，事君贵于兴国。故慈父不能爱无益之子，仁君不能畜无用之臣。夫论德而授官者，成功之君也；量能而受爵者，毕命之臣也。故君无虚授，臣无虚受。虚授谓之谬举，虚受谓之尸禄。《诗》之"素餐"所由作也。昔二虢不辞两国之任，其德厚也。旦、奭不让燕、鲁之封，其功大也。今臣蒙国重恩，三世于今矣。正值陛下升平之际，沐浴圣泽，潜润德教，可谓厚幸矣。而位窃东藩，爵在上列，身被轻暖，口厌百味，目极华靡，耳倦丝竹者，爵重禄厚之所致也。退念古之受爵禄者，则异于此，皆以功勤济国，辅主惠民。今臣无德可述，无功可纪，若此终年，无益国朝，将挂风人彼己之讥。是以上惭玄冕，俯愧朱绂。

这是《求自试表》的首段文字，可以看出，文中虽有偶丽之句，但不似《洛神赋》那样工整精致，行文更具散文之特色，散体之中又具偶意，而且文中用典也不生僻。因此，比起由赋转化而来的骈文更具疏荡之感。于景祥先生对曹植的这篇《求自试表》评价很精当："这样的骈体文兼有骈散之长，并收疏宕整齐之美，在骈文史上，实在是十分难得的佳构。"

嵇康，魏末之人，字叔夜。少有俊才，博洽多闻，善于写文章，琴弹得也好。长大之后，爱好老、庄之学，清心寡欲，宽简大量，不喜世俗礼教之约束，放荡不羁。因曾任中散大夫，也称嵇中散。

◎ 嵇康

嵇康作为魏晋之际的"文化名人"，成就颇丰，有赋如《琴赋》，有书如《与山巨源绝交书》，有论如《难自然好学论》《养生论》等。其论作中以《养生论》最具代表性，试看其中两段：

夫服药求汗，或有弗获；而愧情一集，涣然流离。终朝未餐，则嚣然思食；而曾子衔哀，七日不饥。夜分而坐，则低迷思寝；内怀殷忧，则达旦不瞑。劲刷理鬓，醇醴发颜，仅乃得之；壮士之怒，赫然殊观，植发冲冠。由此言之，精神之于形骸，犹国之有君也。神躁于中，而形丧于外，犹君昏于上，国乱于下也。

夫为稼于汤之世，偏有一溉之功者，虽终归燋烂，必一溉者后枯。然则一溉之益，固不可诬也。而世常谓一怒不足以侵性，一哀不足以伤身，轻而肆之，是犹不识一溉之益，而望嘉谷于旱苗者也。是以君子知形恃神以立，神须形以存，悟生理之易失，知一过之害生。故修性以保神，安心以全身，爱憎不栖于情，忧喜不留于意，泊然无感，而体气和平。又呼吸吐纳，服食养身，使形神相亲，表里俱济也。

此篇论说之文一方面语言朴实，说理透彻，有不少整齐的对偶之句，如“夜分而坐，则低迷思寝；内怀殷忧，则达旦不瞑”。另一方面，嵇康又善用比喻，而且用得十分恰当，如“精神之于形骸，犹国之有君也。神躁于中，而形丧于外，犹君昏于上，国乱于下也”。追求辞藻的华美是骈文成熟过程中的一个表现，而嵇康这篇文章，朴素的文风对于成熟时期的骈文有着特殊的影响。

《与山巨源绝交书》更能体现嵇康的思想与文风，现摘录两段如下：

吾昔读书，得并介之人，或谓无之，今乃信其真有耳。性有所不堪，真不可强。今空语同知有达人，无所不堪，外不殊俗，而内不失正，与一世同其波流，而悔吝不生耳。老子、庄周，吾之师也，亲居贱职；柳下惠、东方朔，达人也，安乎卑位。吾岂敢短之哉！又仲尼兼爱，不羞执鞭；子文无欲卿相，而三登令尹，是乃君子思济物之意也。所谓达能兼善而不渝，穷则自得而无闷。以此观之，故尧、舜之君世，许由之岩栖，子房之佐汉，接舆之行歌，其揆一也。仰瞻数君，可谓能遂其志者也。故君子百行，殊途而同致，循性而动，各附所安。故有处朝廷而不出，入山林而不反之论。且延陵高子臧之风，长卿慕相如之节，志气所托，不可夺也。

夫人之相知，贵识其天性，因而济之。禹不逼伯成子高，全其节也。仲尼不假盖于子夏，护其短也。近诸葛孔明不逼元直以入蜀，华子鱼不强幼安以卿相。此可谓能相终始，真相知者也。足下见直木必不可以为轮，曲者不可以为桷，盖不欲以枉其天才，令得其所也。故四民有业，各以得志为乐，唯达者为能通之，此足下度内耳。不可自见好章甫，强越人以文冕也。己嗜臭腐，养鸳雏以死鼠也。吾顷学养生之术，方外荣华，去滋味，游心于寂寞，以无为为贵，纵无九患，尚不顾足下所好者。又有心闷疾，顷转增笃，私意自试，不能堪其所不乐。自卜已审，若道尽途穷则已耳。足下无事冤之，令转于沟壑也。

此文虽题名为书，实则相当于一封信。山巨源，即山涛，是嵇康的好友，亦是“竹林七贤”之一。嵇康之所以写此信与好友绝交，是因为山涛由选曹郎调任大将军从事中郎时，想推荐嵇康任选曹郎。嵇康在信中罗列了拒绝的原因，指出人之秉性各有不同，自己崇尚老、庄，不堪礼法之约束，这正是其淡然寡欲、放任自然的体现。

文中对偶用得很有特色，如“老子、庄周，吾之师也，亲居贱职；柳下惠、东方朔，达人也，安乎卑位”。从意义上说，是“标准”的对偶，但从骈文对偶的基本特点来看，又不是严格的对偶。这大概也是嵇康自由思想在文学创作中的体现，嵇康的这种文风对骈文追求工整的对偶句式有着积极的作用。

陆机，字士衡，吴郡华亭（今上海松江）人。陆机出身于吴国的世家大族，祖父陆逊官至丞相，父陆抗官至大司马。按《晋书》的记载，陆机身长七尺，换算成现在的尺度，也就一米七的样子，个子不高，但嗓门儿却很大，而且“少有异才，文章冠世，服膺儒术，非礼不动”。陆机十三岁时，就承袭父业为牙门将，领兵作战；二十岁时，吴国灭亡，回老家闭门苦读十年，然后北上洛阳，文章受到当时士大夫的推崇。其文有赋、论、表、书、策、颂、吊、碑、诔等，代表作有《文赋》《辩亡论》《豪士赋序》《谢平原内史表》等。

《辩亡论》辩的是吴国之灭亡，文章重点分析了吴国兴起及灭亡的过程和原因，分为上、下两篇。以上篇中的两段为例：

昔汉氏失御，奸臣窃命，祸基京畿，毒遍宇内，皇纲弛紊，王室遂卑。于是群雄蜂骇，义兵四合。吴武烈皇帝，慷慨下国，电发荆南，权略纷纭，忠勇伯世，威棱则夷羿震荡，兵交则丑虏授馘，遂扫清宗祊，蒸禋皇祖。于时云兴之将带州，猋起之师跨邑，哮阚之群风驱，熊罴之族雾集。虽兵以义合，同盟戮力，然皆苞藏祸心，阻兵怙乱，或师无谋律，丧威稔寇。忠规武节，未有如此其著者也。

武烈既没，长沙桓王，逸才命世，弱冠秀发，招揽遗老，与之述业。神兵东驱，奋寡犯众，攻无坚城之将，战

◎（明）仇英《赤壁图卷》（局部）

无交锋之虏。诛叛柔服，而江外底定；饬法修师，则威德翕赫。宾礼名贤，而张昭为之雄；交御豪俊，而周瑜为之杰。彼二君子，皆弘敏而多奇，雅达而聪哲，故同方者以类附，等契者以气集，江东盖多士矣。将北伐诸华，诛鉏干纪，旋皇舆于夷庚，反帝坐乎紫闼，挟天子以令诸侯，清天步而归旧物。戎车既次，群凶侧目，大业未就，中世而殒。

陆机《辩亡论》虽效《过秦论》而作，但已是骈文，如吴云的《历代骈文名篇注析》便将此文选入。上篇重在分析吴国的强盛和衰落，以上两段是写吴国的强盛，偶对工整，但用典已有稍多之嫌。

《豪士赋序》是陆机骈文的代表作之一，亦为《历代骈文名篇注析》所收录，另外，《骈体文钞》也收录了此文。《豪士赋》内容较少，而序却是赋的数倍。因此，选其赋序之文以观之：

好荣恶辱，有生之所大期；忌盈害上，鬼神犹且不免。人主操其常柄，天下服其大节，故曰天可仇乎？而时有袨服荷戟，立于庙门之下；援旗誓众，奋于阡陌之上。况乎代主制命，自下财物者哉！广树恩不足以敌怨，勤兴利不足以补害，故曰代大匠斫者必伤其手。且夫政由宁氏，忠臣所为慷慨；祭则寡人，人主所不久堪。是以君奭怏怏，不悦公旦之举；高平师师，侧目博陆之势。而成王不遣嫌吝于怀，宣帝若负芒刺于背，非其然者与？嗟乎！光于四表，德莫富焉；王曰叔父，亲莫昵焉；登帝天位，功莫厚焉；守节没齿，忠莫至焉。而倾侧颠沛，仅而自全，则伊生抱明允以婴戮，文子怀忠敬而齿剑，固其所也。

《豪士赋序》是陆机骈文的代表作之一，主要是劝齐王冏及时退隐，文中说理透彻，有很强的说服力。这篇文章已较多运用四、六句式，而且用典也较多，足见陆机的学识渊博及其对典故的熟练运用。

◎（明）王仲玉《陶渊明像》

陶渊明，字元亮，或名潜，自号五柳先生，卒后友私谥靖节，世称靖节先生。陶渊明是东晋末宋初的著名诗人、辞赋家、散文家，出身于没落的仕宦家庭，虽家境不好，却受到良好的教育，博学多才，少有“大志”。入仕后对当时黑暗的政治不满，不堪吏职，四十一岁时“辞职”归隐，过起了田园生活，虽然“种豆南山下，草盛豆苗稀”，却有“采菊东篱下，悠然见南山”的闲适与恬淡。

陶渊明的辞赋作品主要有《感士不遇赋》《闲情赋》《归去来兮辞》，现以《归去来兮辞》中的三段文字来看其骈文特色：

归去来兮，田园将芜胡不归？既自以心为形役，奚惆怅而独悲？悟已往之不谏，知来者之可追。实迷途其未远，觉今是而昨非。舟遥遥以轻飏，风飘飘而吹衣。问征夫以前路，恨晨光之熹微。

乃瞻衡宇，载欣载奔。僮仆欢迎，稚子候门。三径就荒，松菊犹存。携幼入室，有酒盈罇。引壶觞以自酌，眄庭柯以怡颜。倚南窗以寄傲，审容膝之易安。园日涉以成趣，门虽设而常关。策扶老以流憩，时矫首而遐观。云无心以出岫，鸟倦飞而知还。景翳翳以将入，抚孤松而盘桓。

归去来兮，请息交以绝游！世与我而相违，复驾言兮焉求？悦亲戚之情话，乐琴书以消忧。农人告余以春及，将有事于西畴。或命巾车，或棹孤舟。既窈窕以寻壑，亦崎岖而经丘。木欣欣以向荣，泉涓涓而始流。善万物之得时，感吾生之行休。

◎（元）《画陶渊明〈归去来兮辞〉图》

此文通俗易懂，以六字句为主，虽然很多对句不是严格的对偶，但读起来朗朗上口，有很强的音乐感；对偶形式多样，有正对、反对、叠字对等。因此，虽以辞为名，实则是一篇优秀的骈俪之文。

（二）宋、齐骈文

经过魏晋之际骈文的发展，宋、齐骈文进一步成熟，这一时期以颜延之、鲍照、沈约为代表加以说明。

颜延之，字延年，今山东临沂人。小时候家里穷，但他很喜欢读书，而且读了不少书，文章写得也特别美，所以《宋书》称赞其文"冠绝当时"。颜延之在文学上的主要成就是诗歌，与著名的山水诗人谢灵运并称"颜谢"。其骈文亦具有诗的艺术特色，现以《三月三日曲水诗序》中的一段文字为例来看其骈文特色。

有宋函夏，帝图弘远。高祖以圣武定鼎，规同造物；皇上以睿文承历，景属宸居。隆周之卜既永，宗汉之兆在焉。正体毓德于少阳，王宰宣哲于元辅。昬纬昭应，山渎效灵。五方杂遝，四隩来暨。选贤建戚，则宅之于茂典；施命发号，必酌之于故实。大予协乐，上庠肆教，章程明

◎（明）《桃源仙境》

> 密，品式周备。国容眂令而动，军政象物而具。箴阙记言，校文讲艺之官，采遗于内；輶车朱轩，怀荒振远之使，论德于外。赪茎素毳，并柯共穗之瑞，史不绝书；栈山航海，逾沙轶漠之贡，府无虚月。烈燧千城，通驿万里。穹居之君，内首稟朔；卉服之酋，回面受吏。是以异人慕响，俊民间出；警跸清夷，表里悦穆。将徙县中宇，张乐岱郊。增类帝之宫，饬礼神之馆，涂歌邑诵，以望属车之尘者久矣。

虽为诗序，却以骈体行之，而且对偶工整精致，以四、六句式为主，辞藻华美。李兆洛在《骈体文钞》中评颜延之此文："织词之缛，始于延之。"可见，颜延之对骈文讲究文采具有重要的推动作用。

鲍照，字明远，今江苏人，因做过参军，故世称鲍参军。鲍照出身寒微，却很有才华，与谢灵运、颜延之并称为"元嘉三大家"。其成就也是多方面的，尤其是诗、文、赋，有名作如《芜城赋》《飞蛾赋》《舞鹤赋》《登大雷岸与妹书》《飞白书势名》《凌烟楼铭》等。其骈文特色也是善于铺陈与藻饰，如《芜城赋》中对满城荒芜景象的描述可谓极尽铺排之法。

> 泽葵依井，荒葛罥途。坛罗虺蜮，阶斗麏鼯。木魅山鬼，野鼠城狐，风嗥雨啸，昏见晨趋。饥鹰砺吻，寒鸱吓

雏。伏暴藏虎，乳血飧肤。崩榛塞路，峥嵘古馗。白杨早落，塞草前衰。稜稜霜气，蔌蔌风威。孤蓬自振，惊砂坐飞。灌莽杳而无际，丛薄纷其相依。通池既已夷，峻隅又已颓。直视千里外，唯见起黄埃。凝思寂听，心伤已摧。

这段文字将城中之“芜”描绘得淋漓尽致，满城残破与荒凉尽现眼前。故姜书阁先生在《骈文史论》中说：“全篇无一句一字不精练，不稳恰，而属对之工，声调之畅，句法之变化，长短之间错，都表现了作者骈文艺术的高妙，比之颜延之又前进了一步。”在创作手法上，于精工之处又见变化是其进步之处。

沈约，字休文，今浙江人。少孤家贫，但笃志好学，博览群籍，历仕宋、齐、梁三朝。沈约在文学上是个“多产多栖”作家，诗文是当时作家中数量最多的，文体上除诗、赋外，诏、敕、书、表、章、弹文、启、序、论、赞、颂、铭、连珠、记、碑文、册、谥议、墓志铭、行状等，简直无所不有。而他对骈文的最大贡献是其创立的声律理论在骈文中的应用，使得骈文在偶对、辞藻的基础上兼具声韵之美。如其《丽人赋》中对丽人的描写：

有客弱冠未仕，缔交戚里，驰骛王室，遨游许史。归而称曰：狭邪才女，铜街丽人，亭亭似月，燕婉如春，凝情待价，思尚衣巾。芳逾散麝，色茂开莲。陆离羽佩，杂错花钿。响罗衣而不进，隐明灯而未前。中步檐而一息，顺长廊而回归。池翻荷而纳影，风动竹而吹衣。薄暮延伫，宵分乃至。出暗如光，含羞隐媚。垂罗曳锦，鸣瑶动翠。来脱薄妆，去留余腻。沾妆委露，理鬓清渠。落花入领，微风动裾。

这段文字对“铜街丽人”的描绘，从身材、衣着、动作、神态等多方面着手，把丽人含羞隐媚又凝情思巾的情态刻画得出神入化。这篇文章之美不但表现在句式整齐，通篇皆为四、六句，而且注重藻饰，选词炼句精美工丽，最重要的是融入了声韵，这就使骈文偶对、藻饰、声韵兼备。沈约此文表明，骈文已经完全成熟。

（三）梁、陈骈文

在沈约“声韵之学”的影响下，骈文进一步兴盛，这一时期出现了骈文的集大成者——徐陵、庾信，此将在下一小节中单独叙述。梁陈之际的著名骈文家还有江淹、萧绎等。

江淹，字文通，今河南人。江淹出身贫寒，聪慧好学，六岁能写诗。他早年仕途上不得志，梁武帝时官至光禄大夫，晚年生活安逸，才思不及从前，故有“江郎才尽”之说。其文学成就以辞赋为高，尤以抒情小赋《恨赋》和《别赋》最为有名。

《恨赋》通过十种恨将原本抽象的感情——恨，具体、生动地摹刻出来，并赋予其不同的意境。十种恨分别是帝王之恨、列侯之恨、名将之恨、美人之恨、才士之恨、高人之恨、贫困之恨、荣华之恨等。《恨赋》开篇先为“恨”，这种感情营造出一种荒凉、悲愤的意境：“试望平原，蔓草萦骨，拱木敛魂。人生到此，天道宁论！”就连本是恨人（有恨之人）的作者看到此种景象也是“心惊不已”，所以最后感慨：“已矣哉！春草暮兮秋风惊，秋风罢兮春草生。绮罗毕兮池馆尽，琴瑟灭兮丘垄平。自古皆有死，莫不饮恨而吞声。”

江淹的另一篇抒情佳作《别赋》，将离别之情演绎为一种伤感之美，文中的名段佳句至今为人们所熟悉：

> 黯然销魂者，唯别而已矣！况秦、吴兮绝国，复燕、宋兮千里。或春苔兮始生，乍秋风兮蹔起。是以行子肠断，百感凄恻。风萧萧而异响，云漫漫而奇色。舟凝滞于水滨，车逶迟于山侧。櫂容与而讵前？马寒鸣而不息。掩金觞而谁御，横玉柱而沾轼。居人愁卧，怳若有亡。日下壁而沈彩，月上轩而飞光。见红兰之受露，望青楸之离霜。巡曾楹而空掩，抚锦幕而虚凉。知离梦之踯躅，意别魂之飞扬。

◎（明）沈周《京江送别图》

……

下有芍药之诗，佳人之歌。桑中卫女，上宫陈娥。春草碧色，春水渌波，送君南浦，伤如之何！至乃秋露如珠，秋月如珪。明月白露，光阴往来。与子之别，思心徘徊。

从骈文角度来看，江淹这篇“伤感美文”的一个重要特色就是注重辞藻的色彩之美，如“见红兰之受露，望青楸之离霜”“春草碧色，春水渌波”等。句式上虽以四、六为主，但偶有虚字“兮”“矣”等贯穿其间，不似刻意求工。但对偶之句也有相当工整的，如“风萧萧而异响，云漫漫而奇色”“日下壁而沈彩，月上轩而飞光”等。音韵上注意声韵的和谐，使文章读起来有韵律之美，朗朗上口。

江淹除了将骈文进一步美化之外，另一个重要贡献就是扩大了骈文的使用范围。“学而优则仕”是封建社会大多数知识分子的选择，江淹也不例外，历仕宋、齐、梁三朝，因此“官样文章”写过不少，有“梦笔生花”之才的江淹自不免将其文学上的才思融入章、表、诏、诰中。因此，中国台湾学者张仁青先生在《中国骈文发展史》中说：“故今本《江文通集》凡百余篇，庙堂巨制即占十之六七。其中辞藻华缛而叙次谨严者，如《齐太祖诔》是也。渊雅典则、时出纤丽者，如《萧太傅东耕祝文》是也。辞奇旨奥、汪濊博富者，如《建平王聘隐逸教》是也。雕章琢句、构思巧密者，如《为建平王庆少帝登阼章》《为萧公上铜钟芝草众瑞表》《为建平王庆明帝疾和礼上表》是也。开阖动宕、气体岸异、无意摹邹（阳）而神理自合者，如《诣建平王上书》是也。浮起有棱、雕藻异彩者，如《为萧太傅追赠父祖》《为萧公谢开府辟召》《为萧公三让扬州》《为萧骠骑让太尉增封》第二及第三诸表是也。……”可见，江淹对于应用文使用骈文这种文体起到重要的推动作用。

萧绎，即梁元帝，字世诚，自号金楼子，梁武帝第七子。萧绎自幼聪颖，喜读书，博学多才，擅长五言诗，且工书善画，但因眼疾而盲一目。其骈文以《采莲赋》《荡妇秋思赋》等较为有名。

《采莲赋》篇幅短小，描写水中荡舟、采莲嬉戏的情景。

紫茎兮文波，红莲兮芰荷；绿房兮翠盖，素实兮黄螺。于时妖童媛女，荡舟心许。鹢首徐回，兼传羽杯。棹将移而藻挂，船欲动而萍开。尔其纤腰束素，迁延顾步。夏始春余，叶嫩花初。恐沾裳而浅笑，畏倾船而敛裾。故以水溅兰桡，芦侵罗袴，菊泽未反，梧台迥见。荇湿沾衫，菱长绕钏。泛柏舟而容与，歌采莲于江渚。歌曰：碧玉小家女，来嫁汝南王。莲花乱脸色，荷叶杂衣香。因持荐君子，愿袭芙蓉裳。

◎ （宋）李唐《荷亭消夏图》

此赋虽是描写帝宫后苑的生活，但语言清新，不似宫体诗赋之轻浮艳丽。句式整齐又富于变化，以四、五、六字句为主。语言上注重色彩之美，如“紫茎兮文波，红莲兮芰荷；绿房兮翠盖，素实兮黄螺”。

（四）骈文的集大成者——徐庾

徐陵、庾信之所以被称为骈文的集大成者，是因为他们在骈文的发展史上确实占有重要地位。纪昀在《四库全书·庾开府集笺注提要》中说：“集六朝之大成，导四杰之先路；自古迄今，屹然四六宗匠。”可见庾信在骈文史上有着不可动摇的地位。

徐陵，字孝穆，今山东人。徐陵的父亲徐摛是宫体文学的创始人之一。也许是遗传基因较好，徐陵八岁便能写文章，十二岁就能理解《老子》和《庄子》之义。长大后，徐陵又博涉史籍，而且口才很好，能言善辩，这对其文风也有一定的影响，其骈文是以说理见长。徐陵在陈官至左光禄大夫太子少傅，不少重要文书出自其手，所作文书在当时影响很大，据说每一文出，人们都争相传写背诵。徐陵在仕陈前曾被扣留在北齐，在此期间写过一篇长文《在北齐与杨仆射书》，此文便是一篇说理性骈文，由于篇幅过长，节选部分以观之：

云师火帝，浇淳乃异其风；龙跃麟惊，王霸虽殊其道，莫不崇君亲以铭物，敦敬养以治民，预有邦司，曾无隆替。吾奉违温凊，仍属乱离，寇虏猖狂，公私播越。萧轩靡御，王舫谁持？瞻望乡关，何心天地？自非生凭廪竹，源出空桑，行路含情，犹其相愍。常谓择官而仕，非曰孝家；择事而趋，非云忠国。况乎钦承有道，骖驾前王；郎吏明经，鸱鸢知礼。巡方省化，咸问高年；西序东胶，皆尊耆耋。吾以圭璋玉帛，通聘来朝，属世道之屯期，锺生民之否运。兼年累载，无申元直之祈；衔泣吞声，长对公闾之怒。情礼之诉，将同逆鳞；忠孝之言，皆应龂舌。是所不图也，非所仰望也。且天伦之爱，何得忘怀？妻子之情，谁能无累？

夫以清河公主之贵，余姚书佐之家，莫限高卑，皆被驱略。自东南丑虏，抄贩饥民，台署郎官，俱馁墙壁。况吾生离死别，多历寒暄，孀室婴儿，何可言念。如得身还乡土，躬自推求，犹冀提携，俱免凶虐。夫四聪不达，华阳君所谓乱臣；百姓无冤，孙叔敖称为良相。足下高才重誉，参赞经纶，非豹非貔，闻诗闻礼；而中朝大议，曾未矜论，清禁嘉谋，安能相及。谔谔非周舍，容容类胡广，何其无诤臣哉？岁月如流，平生何几？晨看旅雁，心赴江淮；昏望牵牛，情驰扬越。朝千悲而掩泣，夜万绪而回

◎ （明）唐寅《骑驴归思图》

肠。不自知其为生，不自知其为死也。

足下素挺词锋，兼长理窟，匡丞相解颐之说，乐令君清耳之谈，向所谘疑，谁能晓喻？若鄙言为谬，来旨必通，分请灰钉，甘从斧鑊。何但规规默默，齰舌低头而已哉？若一理存焉，犹希矜眷。何必期令我等，必死齐都，足赵魏之黄尘，加幽并之片骨！遂使东平拱树，长怀向汉之悲；西洛孤坟，恒表思乡之梦。千祈以屡，哽恸增深。

徐陵这篇说理骈文先“晓之以理”，再“动之以情”，所选文字即“动情”之处。“晨看旅雁，心赴江淮；昏望牵牛，情驰扬越。朝千悲而掩泣，夜万绪而回肠。”是何等的思念故国，思念家乡？读来不觉为其“掩泣”“回肠”，最后深情悲切地恳求让其回乡。文章在对偶、用典、藻饰等方面也做得非常好，不愧是骈文的集大成者。于景祥先生在《中国骈文通史》中对徐陵此文的评价是：“起伏开合，波澜顿畅；议论则明白透彻，抒情则一波三折；情动于中，声发于外；音情顿挫，波翻浪涌。”

徐陵的宫体骈文以《玉台新咏序》较著名，看其对“丽人”的描写：

其中有丽人焉。其人也，五陵豪族，充选掖庭；四姓良家，驰名永巷。亦有颍川、新市，河间、观津，本号娇娥，曾名巧笑。楚王宫内，无不推其细腰；魏国佳人，俱言讶其纤手。阅诗敦礼，非直东邻之自媒；婉约风流，无异西施之被教。弟兄协律，自小学歌；少长河阳，由来能舞。琵琶新曲，无待石崇；箜篌杂引，非因曹植。传鼓瑟于杨家，得吹箫于秦女。至若宠闻长乐，陈后知而不平；画出天仙，阏氏览而遥妒。且如东邻巧笑，来侍寝于更衣；西子微颦，将横陈于甲帐。陪游馺娑，骋纤腰于结风；长乐鸳鸯，奏新声于度曲。妆鸣蝉之薄鬓，照堕马之垂鬟。反插金钿，横抽宝树。南都石黛，最发双蛾；北地燕脂，偏开两靥。亦有岭上仙童，分丸魏帝；腰中宝凤，授历轩辕。金星与婺女争华，麝月共嫦娥竞爽。惊鸾冶袖，时飘韩椽之香；飞燕长裾，宜结陈王之佩。虽非图画，入甘泉而不分；言异神仙，戏阳台而无别。真可谓倾国倾城，无对无双者也。

◎（北宋）《宫乐图》

《玉台新咏》是徐陵所编的一部诗歌总集，收录的多是以妇女生活为题材的诗歌。徐陵为这部诗歌总集作的序——《玉台新咏序》在骈文史上占有重要地位。从骈文的创作技巧上来说，此文在对偶、藻饰、声韵、用典各方面都有独到之处。以对偶为例，除工整的四、六对外，还有四、四组合和四、六组合对。所以姜书阁先生说："诗歌是艳体，是宫体之类，序也是同样的宫体骈文中最整齐、最规范、最艳丽、最讲声律的名作。"

庾信，字子山，今河南人。自幼聪敏俊迈，博览群书，尤善《春秋左氏传》。庾信的父亲庾肩吾当时是梁太子中庶子，掌管记，所以庾信自幼便经常跟随父亲出入宫廷，后来又和徐陵一起任萧纲的东宫学士，成为宫体文学的代表作家，后世称他们的作品风格为"徐庾体"。庾信先仕梁，后出使西魏，魏灭梁，被迫留仕魏，北周灭魏，又仕周。仕途多变影响了其文风，仕魏后，文风不再似前期轻浮流艳的宫体作品，而是文笔老成，透露着伤感、悲凉，正如杜甫所谓"凌云健笔意纵横"。

现举庾信前期和后期的作品以看其骈文特色和文风的变化。

前期如《鸳鸯赋》：

卢姬小来事魏王，自有歌声足绕梁。何曾织锦，未肯挑桑。终归薄命，著罢空床。见鸳鸯之相学，还敧眠而泪落。南阳渍粉不复看，京兆新眉遂懒约。况复双心并翼，驯狎池笼；浮波弄影，刷羽乘风。共飞檐瓦，全开魏宫；俱栖梓树，堪是韩冯。若乃韩寿欲婚，温峤愿妇，玉台不送，胡香未有；必见此之双飞，觉空床之难守。

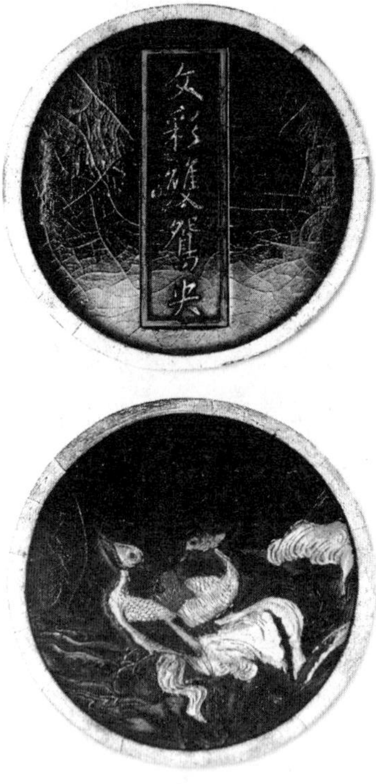

◎“文彩双鸳鸯”墨

这一篇很明显是宫体艳赋，如果按现在的标准划分，当归入“低俗言情”之类，但这是当时的一种“时尚”，也是庾信所处的宫廷环境决定的。但是从形式上来看，这绝对是一篇优秀的骈文，句式整齐，以四、六为主，间以七句调节，使这短小的赋作看起来富有变化。

庾信一生出仕三朝，但被迫仕魏后，也算是“仕于异国”，思国之情自不可免，因此其后期作品多是寄托哀思、思念故国之作。最有代表性、成就最高者当为《哀江南赋并序》。这篇文章较长，仅赋序就可作为单独的一篇骈文来看，下面以此序来看庾信后期骈文之特点。

粤以戊辰之年，建亥之月，大盗移国，金陵瓦解。余乃窜身荒谷，公私涂炭。华阳奔命，有去无归；中兴道销，穷于甲戌。三日哭于都亭，三年囚于别馆。天道周星，物极不反。傅燮之但悲身世，无处求生；袁安之每念王室，自然流涕。

昔桓君山之志事，杜元凯之平生，并有著书，咸能自序。潘岳之文采，始述家风；陆机之辞赋，先陈世德。信年始二毛，即逢丧乱，藐是流离，至于暮齿。燕歌远别，悲不自胜；楚老相逢，泣将何及！畏南山之雨，忽践秦庭；让东海之滨，遂餐周粟。下亭漂泊，高桥羁旅；楚歌非取乐之方，鲁酒无忘忧之用。追为此赋，聊以记言；不无危苦之辞，惟以悲哀为主。

日暮途远，人间何世？将军一去，大树飘零；壮士不还，寒风萧瑟。荆璧睨柱，受连城而见欺；载书横阶，捧珠盘而不定。钟仪君子，入就南冠之囚；季孙行人，留守西河之馆。申包胥之顿地，碎之以首；蔡威公之泪尽，加之以血。钓台移柳，非玉关之可望；华亭鹤唳，岂河桥之可闻？

孙策以天下为三分，众才一旅；项籍用江东之子弟，人惟八千。遂乃分裂山河，宰割天下。岂有百万义师，一朝卷甲；芟夷斩伐，如草木焉！江淮无涯岸之阻，亭壁无藩篱之固。头会箕敛者，合从缔交；锄耰棘矜者，因利乘便。将非江表王气，终于三百年乎？是知并吞六合，不免轵道之灾；混一车书，无救平阳之祸。呜呼！山岳崩颓，既履危亡之运；春秋迭代，必有去故之悲。天意人事，可以凄怆伤心者矣。况复舟楫路穷，星汉非乘槎可上；风飙道阻，蓬莱无可到之期。穷者欲达其言，劳者须歌其事。陆士衡闻而抚掌，是所甘心；张平子见而陋之，固其宜矣。

从庾信的这篇赋序可以看出其文风与前期的宫廷之作已截然不同，创作的题材也发生了变化。此序从梁朝灭亡写起，感伤个人身世之不幸，字里行间透出的是“悲”和“凄”。虽然用了不少历史典故，但读后仍可以感受到作者发自内心的真实情感。从骈文的句式角度来看，此序对偶形式多样，尤其是组合句式，有四、四组合对，七、四组合对，五、四组合对，四、六组合对，八、四组合对，四、七组合对等。从用典的角度来看，也是富于变化：有明用，如“傅燮之但悲身世，无处求生；袁安之每念王室，自然流涕”；有反用，如“畏南山之雨，忽践秦庭；让东海之滨，遂餐周粟”；有借用，如“将军一去，大树飘零；壮士不还，寒风萧瑟”等。

徐陵、庾信作为梁陈之际骈文的集大成者，其骈文成就主要表现在四个方面：

1. 对偶

骈文的最基本特征是对偶，也就是说骈文注重追求整齐的形式之美。但是刘勰在《文心雕龙·章句》中说：“四字密而不促，六字格而非缓，或变之以三五，盖应机之权节也。”也就是说四六虽然是骈文的最佳句式，但偶有变化，也会使骈文整齐中又见疏荡，即“不变中见变化”，这才是中国审美的最高境界。徐陵、庾信之骈文虽以四六句式为主，但也常见变化，庾信骈文句式之变化前文已有提及，徐陵句式之变化如《玉台新咏序》中的“金星与婺女争华，麝月共嫦娥竞爽。惊鸾冶袖，时飘韩椽之香；飞燕长裾，宜结陈王之佩”。

2. 用典

用典也是骈文的一个重要方面，随着骈文的成熟、兴盛，用典也逐渐繁富起来。但是好的用典能给人以丰富的想象空间，能增加文章的知识性、可读性；反之为用典而用典，则易形成牵强之弊。徐陵、庾信之文用典虽繁，却用得妥当自然，恰到好处。如徐陵的《在北齐与杨仆射书》：“东平拱树，长怀向汉之悲；西洛孤坟，恒表思乡之梦。”“东平”是指汉宗室东平思王刘宇，又如《皇览》:“东平思王冢在无盐，人传言王在国思归京师，后葬，其冢上松柏皆西靡也。”后以“东平之树”谓人死后犹不泯眷恋故国之情。第二个典故出自《后汉书·独行列传》:温序本太原祁人，官护羌校尉行部至襄武时，为苟宇所拘，因不愿背汉而伏剑死。光武怜之，赐葬洛阳城旁。序长子寿为邹平侯相，梦序告之曰“客久思乡里”，寿即弃官，上书乞骸骨归葬，乃返旧茔。这两个典故均表思念故国之深情，这正深刻体现了徐陵在被拘北齐时的心情。

3. 藻饰

骈文的又一个重要特征是藻饰语言，最明显的表现就是用词华丽，色彩鲜明，徐陵、庾信的宫体文章正是这方面的典范。由清人许梿对徐陵《玉台新咏序》的评价即可看出:“骈语至徐庾，五色相宣，八音迭奏，可谓六朝之渤澥，唐代之津梁。而是篇尤为声偶兼到之作，炼格炼词，绮绾绣错，几于赤城千里霞矣。”这段话不但指出了徐庾骈文注重藻饰，而且“声偶兼到”，也就是声韵和对偶也能同时兼顾，说明徐庾已能熟练并且很好地把握骈文形式美的几个方面。如《玉台新咏序》中的“周王璧台之上，汉帝金屋之中，玉树以珊瑚作枝，珠帘以玳瑁为匣”“妆鸣蝉之薄鬓，照堕马之垂鬟。反插金钿，横抽宝树。南都石黛，最发双蛾；北地燕脂，偏开两靥”“青牛帐里，余曲既终；朱鸟窗前，新妆已竟”等。至于庾信骈文中的藻饰之语，前文已有说明，此不赘述。

4. 调声

沈约的《四声谱》奠定声律之学基础之后，骈文作家开始主动追求声韵之美，尤其是平仄的对应与相间。如庾信的《鸳鸯赋》：

何曾织锦，未肯挑桑。
　平　仄　　仄　平
终归薄命，著罢空床。
　平　仄　　仄　平

庾信的《哀江南赋并序》：

将军一去，大树飘零；壮士不还，寒风萧瑟。
　平　仄　　仄　平　　仄　平　　平　仄

这种声调的平仄相间，使文章读起来有起伏、有变化，骈文至此不但看起来文辞华美，读起来也朗朗上口。

魏晋南北朝是骈文的成熟兴盛时期，而徐陵、庾信对骈文的完善尤其是形式技巧方面的推动作用不可忽视。

肆

骈文衰变

——唐、宋

盛极而衰是事物发展的普遍规律。骈文也是如此，兴盛的同时也埋下了衰变的隐患。隋朝统一天下后，政治上几百年的动乱终于结束，可惜隋朝短命而亡，在文化上没有什么建树。不过一些有识之士也认识到魏晋以来文风浮华的弊端，并开始改革，积极倡导质朴的文风。如李谔《上隋高祖革文华书》中对魏晋以来文风的批判："魏之三祖，更尚文词，忽君人之大道，好雕虫之小艺。下之从上，有同影响，竞骋文华，遂成风俗。江左齐、梁，其弊弥甚。贵贱贤愚，唯务吟咏。遂复遗理存异，寻虚逐微，竞一韵之奇，争一字之巧。连篇累牍，不出月露之形；积案盈箱，唯是风云之状。世俗以此相高，朝廷据兹擢士。禄利之路既开，爱尚之情愈笃……及大隋受命，圣道聿兴，屏黜轻浮，遏止华伪。"李谔虽然认识到骈文的弊病，但这篇批评之作还带有"浓厚"的六朝遗风。可以说，隋朝在骈文的发展史上是一个"欲改还袭"的时代。

（一）唐代骈文

唐灭隋后，建立了一个统一的强大的封建王朝，无论政治、经济、军事还是文化都达到了极盛。在文化上，唐代成就最高者非"诗"莫属，但"文"也有自己的一席之地，骈文在改革中进一步发展。唐代骈文的发展可以分为四个阶段，谢无量先生在《骈文指南》中概括为："综考有唐一代之骈文：初唐犹袭陈隋余响，燕许微有气骨，陆宣公善论事，质直而不尚藻饰。温李诸人，所谓三十六体者，稍为秀发。唐骈文之变迁，其荦荦大者，如是而已。”

1. 初唐骈文与文风之变

事物的发展和结束都需要一个过程，如同一个高速运动的物体，要使它突然停下来并不是那么容易。骈文文风的改革也是如此，虽然经历了隋代“革文华”，但唐初骈文依然有“陈隋余响”。唐初也出现了一些力求革新文风之士，如魏徵等，但效果不甚明显，初唐文风之变实则始于“初唐四杰”。“初唐四杰”，相信大家都很熟悉了，不多解释，下面分别看他们的骈文风格有哪些改变。

王勃，字子安，今山西人。王勃可谓神童，天赋极高，《旧唐书》称其“六岁解属文，构思无滞，词情英迈”。《新唐书》说他九岁读颜师古注释的《汉书》，便作《指瑕》挑颜师古的错误。另外，家庭环境对一个人的成长有着重要影响。王勃出生于一个书香世家，祖父是隋末大儒文中子王通，以著书讲学为业；父亲也曾做过太常博士。王勃成名较早，十四岁就应举高中，但官运并不亨通。王勃虽然极有才华，却不幸英年早逝（有说二十七岁，有说二十九岁，南下探亲渡海时溺水，受惊而死）。

王勃对六朝文风的改变有着重要贡献，不仅扩大了诗文的题材范围——不再局限于宫廷，还使六朝以来颓废淫靡的文风开始向清新刚健转变。最有代表性的作品便是千百年来人们传诵不绝的《滕王阁序》，全名为《秋日登洪府滕王阁饯别序》。

南昌故郡，洪都新府。星分翼轸，地接衡庐。襟三江而带五湖，控蛮荆而引瓯越。物华天宝，龙光射牛斗之墟；人杰地灵，徐孺下陈蕃之榻。雄州雾列，俊彩星驰。台隍枕夷夏之交，宾主尽东南之美。都督阎公之雅望，棨戟遥临；宇文新州之懿范，襜帷暂驻。十旬休暇，胜友如云；千里逢迎，高朋满座。腾蛟起凤，孟学士之词宗；紫电青霜，王将军之武库。家君作宰，路出名区，童子何知，躬逢胜饯。

时维九月，序属三秋。潦水尽而寒潭清，烟光凝而暮山紫。俨骖騑于上路，访风景于崇阿。临帝子之长洲，得仙人之旧馆。层峦耸翠，上出重霄。飞阁流丹，下临无地。鹤汀凫渚，穷岛屿之萦回；桂殿兰宫，列冈峦之体势。披绣闼，俯雕甍，山原旷其盈视，川泽盱其骇瞩。闾阎扑地，钟鸣鼎食之家；舸舰迷津，青雀黄龙之轴。虹销雨霁，彩彻区明，落霞与孤鹜齐飞，秋水共长天一色。渔舟唱晚，响穷彭蠡之滨；雁阵惊寒，声断衡阳之浦。遥吟俯畅，逸兴遄飞。爽籁发而清风生，纤歌凝而白云遏。睢

◎（元）唐棣《滕王阁图》

园绿竹，气凌彭泽之樽；邺水朱华，光照临川之笔。四美具，二难并。穷睇眄于中天，极娱游于暇日。天高地迥，觉宇宙之无穷；兴尽悲来，识盈虚之有数。望长安于日下，指吴会于云间。地势极而南溟深，天柱高而北辰远。关山难越，谁悲失路之人？萍水相逢，尽是他乡之客。怀帝阍而不见，奉宣室以何年？

呜乎！时运不齐，命途多舛！冯唐易老，李广难封。屈贾谊于长沙，非无圣主；窜梁鸿于海曲，岂乏明时？所赖君子安贫，达人知命。老当益壮，宁移白首之心？穷且益坚，不坠青云之志。酌贪泉而觉爽，处涸辙以犹欢。北海虽赊，扶摇可接；东隅已逝，桑榆非晚。孟尝高洁，空怀报国之心；阮籍猖狂，岂效穷途之哭！

勃，三尺微命，一介书生。无路请缨，等终军之弱冠；有怀投笔，慕宗悫之长风。舍簪笏于百龄，奉晨昏于万里。非谢家之宝树，接孟氏之芳邻。他日趋庭，叨陪鲤对；今晨捧袂，喜托龙门。杨意不逢，抚凌云而自惜；钟期既遇，奏流水以何惭？

呜呼！胜地不常，盛筵难再。兰亭已矣，梓泽丘墟。临别赠言，幸承恩于伟饯；登高作赋，是所望于群公。敢竭鄙诚，恭疏短引，一言均赋，四韵俱成。

滕王高阁临江渚，佩玉鸣鸾罢歌舞。画栋朝飞南浦云，珠帘暮卷西山雨。闲云潭影日悠悠，物换星移几度秋。阁中帝子今何在？槛外长江空自流。

这篇脍炙人口的《滕王阁序》从形式上来看是一篇“标准”的骈文，对偶、用典、藻饰、声韵均可与兴盛时期的骈文相媲美。但此文读后有一种畅快淋漓之感，气势奔放而又流畅自然，比起六朝骈文多了一份清新，多了一份刚健。于景祥先生在《中国骈文通史》中评此文：“有凌云之气，挟风霜之势，读之令人奋发。”这正是王勃对六朝以来文风的改进。

杨炯，今陕西人。杨炯幼即聪敏博学，善属文，少举神童，授官校书郎，自称在“四杰”中的位置是“愧在卢前，耻居王后”，其成就虽不比王勃，但对初唐的文风之变也做出了独特的贡献。杨炯对当时文风之弊的评价十分精当，主要体现在《王勃集序》一文中，这篇文章既批评了当时的文风，又肯定了王勃文风对当时文坛的影响，也展现了自己的文风特点。现节选其中部分文字以观之：

> 尝以龙朔初载，文场变体，争构纤微，竞为雕刻。糅之以金玉龙凤，乱之以朱紫青黄，影带以狥其功，假对以称其美，骨气都尽，刚健不闻。思革其弊，用光志业。薛令公朝右文宗，托末契而推一变；卢照邻人间才杰，览青规而辍九攻。知音与之矣，知己从之矣。于是鼓舞其心，发泄其用，八紘驰骋于思绪，万代出没于豪端。契将往而

必融，防未来而先制。动摇文律，宫商有奔命之劳；沃荡词源，河海无息肩之地。以兹伟鉴，取其雄伯，壮而不虚，刚而能润，雕而不碎，按而弥坚。大则用之以时，小则施之有序。徒纵横以取势，非鼓怒以为资。长风一振，众萌自偃。遂使繁综浅术，无藩篱之固；纷绘小才，失金汤之险。积年绮碎，一朝清廓，翰苑豁如，词林增峻。反诸宏博，君之力焉。矫枉过正，文之权也。后进之士，翕然景慕，久倦樊笼，咸思自择。近则面受而心服，远则言发而响应，教之者逾于激电，传之者速于置邮。得其片言，而忽焉高视；假其一气，则邈矣孤骞。

◎ 卢照邻

杨炯在文中批评"骨气都尽，刚健不闻"的文风，那么他在创作中当为尽力避免此弊。这段文字句式上以四六为主，但语言的使用上不再是华丽的辞藻，整体风格也已变得沉稳。

卢照邻，字升之，自号幽忧子，幽州范阳（治今河北涿州）人。卢照邻博学善属文，初为邓王府典签，深受爱重，后拜新都尉，但因风疾去官。由于无法忍受服丹药中毒引起的足挛的折磨以及手废的痛苦，自投颍水而死。其文感情真挚，现录其病痛中所作的《五悲文》，看其三悲《悲昔游》中的一段：

自言少年游宦，来从北燕。淮南芳桂之岭，岘北明珠之川，东鲁则过仲尼之故宅，西蜀则耕武侯之薄田。旧乡旧国白云边，飞雪飞蓬暗远天，暂辞蓟北千万里，少别昭丘三十年。昔时人物都应谢，闻道城隍今可怜。忽忆扬州扬子津，遥思蜀道蜀桥人。鸳鸯渚兮罗绮月，茱萸湾兮杨柳春。烟波淼淼带平沙，阁栈连延狭复斜。山头交让之木，浦口同心之花。严君平之卜肆，戴安道之贫家。月犯少微，吊吴中之隐士；星干织女，乘海上之仙槎。长安绮城二十重，金作凤凰铜作龙，荡荡千门如锦绣，岩岩双阙似芙蓉。

很明显，卢照邻的这篇文章与前面所选王勃、杨炯之文有所不同，王、杨之文的风格已变，而卢照邻此文似乎又回到六朝以来的文风特点。实际上，王、杨之文也有重辞藻者，但他们更强调文风的革新，故选录的文章能更好地代表他们的文学主张。现选此文来看卢照邻骈文之文风，是因为卢照邻对骈体文风的改革没有王、杨那么“激进”。他虽然不满六朝以来的文风，但还是主张文章应该“妙谐钟律，体会风骚”，故此文恰可体现其观点。

◎ 骆宾王

骆宾王，字观光，今浙江人。骆宾王自小就有神童之称，七岁作诗一首，更是一举成名，也就是大家读小学甚至咿呀学语时就会接触到的“鹅，鹅，鹅，曲项向天歌，白毛浮绿水，红掌拨清波”，后来与徐敬业在扬州起兵而被杀。骆宾王在文学上反对六朝至唐初浮华的文风。骆宾王的文章以代徐敬业所作的《讨武氏檄》较为有名，这篇檄文的名称有所不同，如《敬乡集》中作《为徐敬业讨武后檄》，《骆丞集》中作《代李敬业讨武氏檄》，《四六法海》中作《代徐敬业传檄天下文》等，所指为同一篇文章。请看其中两段：

敬业皇唐旧臣，公侯冢子。奉先君之成业，荷本朝之厚恩。宋微子之兴悲，良有以也；袁君山之流涕，岂徒然哉！是用气愤风云，志安社稷。因天下之失望，顺宇宙之推心，爰举义旗，誓清妖孽。南连百越，北尽三河，铁骑成群，玉轴相接。海陵红粟，仓储之积靡穷；江浦黄旗，匡复之功何远。班声动而北风起，剑气冲而南斗平。喑呜则山岳崩颓，叱咤则风云变色。以兹制敌，何敌不摧？以此图功，何功不克？

公等或居汉地，或叶周亲，或膺重寄于爪牙，或受顾命于宣室。言犹在耳，忠岂忘心？一抔之土未干，六尺之孤安在？傥能转祸为福，送往事居，共立勤王之功，无废大君之命，凡诸爵赏，同指山河。若其眷恋穷城，徘徊歧路，坐昧先机之兆，必贻后至之诛。请看今日之域中，竟是谁家之天下！

这篇檄文很有气势，而且文意畅达，慷慨激昂，颇能鼓动人心，以致武后看到“一抔之土未干，六尺之孤安在”，虽然不悦，说出的却是“宰相安得失此人！”意思是未能得到这样的人才做宰相实在是损失啊！

“四杰”之文虽免不了偶有“六朝遗韵”，但总体上来说已有变化，如陆时雍在《诗镜总论》中说“王勃高华、杨炯雄厚、照邻清藻、宾王坦易”，可见他们的骈文也带有各自的特色，对初唐文风的转变分别做出了独特的贡献。“四杰”之后又出现了一位改革文风的关键人物——陈子昂。

陈子昂，字伯玉，今四川人。陈子昂少时家境较好，慷慨

◎（南宋）马远《西园雅集图》

任侠，不喜读书；十八岁才立志读书，数年间，博览群书，善于写文章。陈子昂创作上追求“汉魏风骨”，在骈文上也是力求革新，如《梁王池亭晏序》：

子昂少游白屋，未历朱门。闻王孙之游，空怀春草；见公子之兴，每隔青霄。弋阳公座辟青轩，饰开朱邸。金筵玉瑟，相邀北里之欢；明月琴樽，即对西园之赏。鄙人幽介，酒醴知惭；王子爱才，文章见许。白日已驰，欢娱难恃。平生之乐，其在兹乎！

这篇短序还是以骈体行文，但文风已相对朴实。

再看其《谏用刑书》中的一段：

臣闻古之御天下者，其政有三：王者化之，用仁义也；霸者威之，盛权智也；强国胁之，务刑罚也。是以化之不足，然后威之；威之不变，然后刑之。故至于刑，则非王者所贵矣。况欲光宅天下，追功上皇，专任刑杀，以为威断，可谓策之失者也。

这篇文章从形式上来说，仍可视为骈体文，但风格与六朝以来的骈文迥然不同，而且句式上也不是严整的对偶，如“故至于刑，则非王者所贵矣”等便没有相对之句。所以，此文

◎（唐）《宫苑图》

稍有古文之风。高步瀛在《唐宋文举要》一书中评价该文说：“气体朴厚，语意剀挚，犹存西汉风格。”

2. 盛唐骈文与文风再变

经过百年的发展，唐朝进入了一个辉煌的时代，无论从经济还是军事方面来说都是世界上最强大的国家。经济的繁荣是文化兴盛的基础，盛唐时期的文化也具有宏大的气势。正如瞿兑之先生在《中国骈文概论》中所说：“唐朝到中宗、玄宗时代，文章的风尚更为一变。以往的纤丽之风，渐渐为人所吐弃，而出之以雍容宽博之风。”这一时期的骈文有了进一步的发展和变化，文风上扭转了初唐时期还存留的“浮靡”之音，文体上骈散逐渐结合，内容上向“应用文”方向转变。

这一时期的代表作家是有“燕许大手笔”之称的张说和苏颋。张说，字道济，洛阳（今属河南）人。张说仕途一路畅达，玄宗时为中书令，封燕国公。苏颋，字廷硕，今陕西人。武则天时袭封许国公，玄宗时为宰相。张、苏二人之所以被称为“大手笔”，是因为他们的文章具有盛唐的气象。从瞿兑之先生对张说文章的评价可看出一二：“四杰都没有做过大官，所以没有机会作这种文章，而张说以文人当国，便着实发挥他的天才，开出真正的唐文宗派。张氏的文章是不堪用典的，也不用华丽的字眼、工整的格式，就是随笔写出，自然有雍容华贵的气象。”

张说的文章以章、表、书、序、碑、启等应制之文较多，故其文风也受到一定影响。如《请置屯田表》中的一段文字：

> 臣闻求人安者，莫过于足食；求国富者，莫先于疾耕。臣再任河北，备知川泽。窃见漳水可以灌巨野，淇水可以溉汤阴，若开屯田，不减万顷。化萑苇为秔稻，变斥卤为膏腴，用力非多，为利甚博。谚云“岁在申酉，乞浆得酒”，来岁甫尔，春事方兴，愿陛下不失天时，急趋地利，上可以丰国，下可以廪边。河漕通流，易于转运，此百代之利也。当今国储未赡，边军未息；劝人业农，愿留圣意。

从篇名可以看出，这篇文章已不是六朝以来的“纯文学”作品，涉及的内容关乎民生，很“实用”。选词炼句上不再追求华丽，而更倾向于阐明事实，说清道理。句式上虽以四六为主，但不是刻意求工，行文中自有散意。

燕、许二公的文章虽以凝重、雍容、宏博的风格著称，但也有典雅、壮丽的一面。如张说《洛州张司马集序》中的一段文字：

> 夫言者志之所之，文者物之相杂。然则心不可蕴，故发挥以形容；辞不可陋，故错综以润色。万象鼓舞，入

有名之地；五音繁杂，出无声之境。非穷神体妙，其孰能与乎？洛州司马张公，名希元，中山人也。族高辰象，气壮河山。神作铜钧，天开金印。孝友内植，礼乐外滋。励行闺庭，乡人谓之曾子；飞名都邑，诸儒号曰圣童。下帷覃思，穿墙嗜古。蓬山芸观之书，群玉悬金之记。鲁宫藏篆，汲冢遗编，无不日览万言，暗识三箧。博学吞九流之要，处盈若虚；雄辩敌四海之锋，退藏若密。汉王问策，知帝者之师；楚子闻名，实诸侯之选。

此文与上文相较，自有一番特色，高步瀛在《唐宋文举要》中说："燕公之文以气势胜，此篇词句秀丽，隶事精切，又兼徐庾之长。"虽说"兼徐庾之长"，但文章发展到盛唐，恢宏的气势已渗入作者的笔端，如"族高辰象，气壮河山""博学吞九流之要，处盈若虚；雄辩敌四海之锋，退藏若密"。这样的雍容气度岂是六朝所能及？

苏颋留下来的文章十之七八是应制之文，但成就不如张说，故不举例说明。张、苏二人骈散结合的创作方式对后世具有重要影响，骈文发展至此，可以说已经扭转并摆脱了六朝以来骈文风格的"靡靡之音"。

3. 中唐骈文与古文运动

唐朝经过百年的快速发展，一派繁荣，可就在这时却经历了一次致命的打击——安史之乱，这场持续了八年的大规模的动乱使李唐王朝元气大伤。为了恢复昔日的繁华，各种改革措施不断被提出，国家呈现出另一种“生机”。政治上的变动必然会影响到文化，中唐时期的骈文，一方面沿着“燕许大手笔”开创的应制之文的路线继续前进，一方面人们开始有意识地提倡古文，即发展为著名的“古文运动”。

中唐时期应制之文的代表陆贽，亦是杰出的骈文改革家。

◎ 陆贽

陆贽，字敬舆，今浙江人。陆贽从小就“特立不群，颇勤儒学”，十八岁中了进士，当了县尉。德宗为太子时，知其“文”名，便召为翰林学士，又转祠部员外郎。陆贽写诏书是既有速度又有质量，可谓思如泉涌，无须思考，也不用打草稿，挥笔即成，常一日之内，诏书数百，而且所写诏书“莫不曲尽事情，中于机会”。陆贽所处的位置决定了他所写的大多是诏制奏议之类的文章，现有《翰苑集》传世。前文已谈到燕、许二公之文较少用典，而陆贽之文是“基本上不用典故，辞采也不浓艳，说确切一点它应是骈体文发展史上的一种特殊形态”（尹恭弘

《骈文》)。下面就以具体的例子来分析陆贽对骈文的发展和改革。

如其较有代表性的《奉天改元大赦制》，现选录部分文字：

> 惟我烈祖，迈德庇人，致俗化于和平，拯生灵于涂炭，重熙积庆，垂二百年。伊尔卿尹庶官，洎亿兆之众，代受亭育，以迄于今。功存于人，德垂于后。肆予小子，获缵鸿业，惧德不嗣，罔敢怠荒。然以长于深宫之中，暗于经国之务，积习易溺，居安忘危。不知稼穑之艰难，不察征戍之劳苦。泽靡下究，情不上通；事既壅隔，人怀疑阻。犹昧省己，遂用兴戎。征师四方，转饷千里，赋车籍马，远近骚然。行赍居送，众庶劳止；或一日屡交锋刃，或连年不解甲胄。祀奠乏主，室家靡依；生死流离，怨气凝结。力役不息，田莱多荒。暴命峻于诛求，疲氓空于杼轴。转死沟壑，离去乡闾；邑里丘墟，人烟断绝。天谴于上而朕不悟，人怨于下而朕不知。驯致乱阶，变兴都邑。贼臣乘衅，肆逆滔天，曾莫愧畏，敢行凌逼。万品失序，九庙震惊；上辱于祖宗，下负于黎庶。痛心靦貌，罪实在予。永言愧悼，若坠深谷。

从这段文字可以看出陆贽之文几乎没有使用典故，句式上虽以四字句为主，但已不是严格的对偶之句，而且也不讲究声调的平仄对应。之前骈文为了追求偶丽效果，许多骈文家都不免有“凑”的现象，陆贽类似散文的骈文则能很好地避免这种弊端，而且陆贽的文章更流畅，不显滞板。与燕、许二公相比，陆贽对骈文文体的改革又进了一步。读完此文能感受到作者真情实感的流露与抒发，在“煽情”的同时也能做得恰到火候，把皇帝的体恤下情及对所做不足之处的懊悔心情表达得十分到位，这怎能不使臣民感动呢？可见，骈文至陆贽已不是靠形式之美来赢得读者了，更重要的是内容和情感。

陆贽还只是在自己的创作过程中改革骈文，真正提倡古文者是韩愈和柳宗元。他们提倡古文是为了反对骈文重形式、不实用的一面，并不是彻底否定骈文，也不是要消灭骈文，相反，他们也作骈文。因此，在韩、柳古文运动的倡导下，骈文的浮华进一步散去。因古文不是这章讨论的重点，这里主要谈古文运动者的骈文。

韩愈，字退之，今河南人。韩愈三岁时成了孤儿，由兄嫂抚养长大，自幼刻苦学儒，效仿扬雄、董仲舒之述作，后中进士。韩愈自称郡望昌黎，所以后世也称之为韩昌黎。

韩愈虽然倡导古文，但他也创作了一些不错的骈文，如人们所熟悉的《进学解》：

业精于勤荒于嬉，行成于思毁于随。方今圣贤相逢，

◎ 韩愈

治具毕张。拔去凶邪，登崇俊良；占小善者率以录，名一艺者无不庸。爬罗剔抉，刮垢磨光。盖有幸而获选，孰云多而不扬？诸生业患不能精，无患有司之不明；行患不能成，无患有司之不公。

言未既，有笑于列者曰："先生欺余哉！弟子事先生，于兹有年矣。先生口不绝吟于六艺之文，手不停披于百家之编。纪事者必提其要，纂言者必钩其玄。贪多务得，细大不捐。焚膏油以继晷，恒兀兀以穷年。先生之于业，可谓勤矣。

觗排异端，攘斥佛老。补苴罅漏，张皇幽眇。寻坠绪之茫茫，独旁搜而远绍。障百川而东之，回狂澜于既倒。先生之于儒，可谓劳矣。沈浸醲郁，含英咀华，作为文章，其书满家。上规姚姒，浑浑无涯；周诰殷盘，佶屈聱牙；春秋谨严，左氏浮夸；易奇而法，诗正而葩；下逮庄骚，太史所录，子云相如，同工异曲。先生之于文，可谓闳其中而肆其外矣！少始知学，勇于敢为。长通于方，左右具宜。先生之于为人，可谓成矣。然而公不见信于人，私不见助于友，跋前踬后，动辄得咎。暂为御史，遂窜南夷。三年博士，冗不见治。命与仇谋，取败几时。冬暖而儿号寒，年丰而妻啼饥。头童齿豁，竟死何裨？不知虑此，反教人为？"

燕、许二公及陆贽对骈文的改革多在制诏奏议的领域内，韩愈此文扩大了骈文改革的范围。韩愈虽也是进士出身，还曾任四门博士、国子博士等，仕途上却是不得志，所以作此《进学解》以自喻。此文的内容和基调与诏奏之文大有不同，但从骈体之文风来看，有相似之处，即不再浮华浓艳。韩愈尚古文，骈文自然受到影响，此文是骈散结合，既有工整的对偶，也有单句，句子长短错落，文风上也较为质朴。韩愈作为古文运动的领导者，有着"文起八代之衰"的美誉，但此文可谓"集八代之美"。

柳宗元，字子厚，河东（今山西）人，也称柳河东。《旧唐书》称其"少聪警绝众，尤精西汉诗骚。下笔构思，与古为侔。精裁密致，璨若珠贝。当时流辈咸推之"。柳宗元中进士后，授校书郎、蓝田尉，顺宗时因王叔文革新失败而受牵连，被贬为邵州刺史，还未到任，又被贬为永州司马。这个永州，也就是我们所熟悉的《捕蛇者说》中"永州之野产异蛇"的永州。柳宗元一生著述颇丰，虽然与韩愈一起提倡古文运动，却并不影响其成为唐代较有成就的骈文大家。

柳宗元也不是否定骈文，而是反对骈文的浮艳之风，如他批判骈文文风的代表作《乞巧文》就是骈文，现看其中部分文字：

◎ 柳宗元

眩耀为文，琐碎排偶。抽黄对白，啽哢飞走。骈四俪六，锦心绣口。宫沉羽振，笙簧触手。观者舞悦，夸谈雷吼。独溺臣心，使甘老丑。嚚昏莽卤，朴钝枯朽。不期一时，以俟悠久。旁罗万金，不鬻弊帚。跪呈豪杰，投弃不有。眉矉頞蹙，喙唾胸欧。大赧而归，填恨低首。天孙司巧，而穷臣若是，卒不余畀，独何酷欤？敢愿圣灵悔祸，矜臣独艰。付与姿媚，易臣顽颜。凿臣方心，规以大圆。拔去呐舌，纳以工言。文词婉软，步武轻便。齿牙饶美，眉睫增妍。

柳宗元的骈文成就表现在多个方面，如骈体赋、书启、序、表状、游记等，下面仅从一个方面对其骈文进行分析。

柳宗元被贬为永州司马后，寄情于山水，创作了不少优秀的游记，如著名的《永州八记》。今以《至小丘西小石潭记》为例：

从小丘西行百二十步，隔篁竹，闻水声，如鸣珮环，心乐之。伐竹取道，下见小潭，水尤清冽。全石以为底，近岸卷石底以出，为坻为屿，为嵁为岩。青树翠蔓，蒙络摇缀，参差披拂。潭中鱼可百许头，皆若空游无所依。日光下澈，影布石上，佁然不动；俶尔远逝，往来翕忽，似与游者相乐。

潭西南而望，斗折蛇行，明灭可见。其岸势犬牙差互，不可知其源。坐潭上，四面竹树环合，寂寥无人，凄神寒骨，悄怆幽邃。以其境过清，不可久居，乃记之而去。同游者吴武陵、龚古，余弟宗玄；隶而从者，崔氏二小生，曰恕己，曰奉壹。

文中对小石潭的描写，是不见其水，先闻其声，循声而下，始见小潭。从潭中鱼、石，到岸上树、岩，有动态有静态，多个角度描写小石潭的景色。仅仅几十个字，就把小石潭刻画得如诗如画，又有生命之灵动，可见作者文笔之功力。而一句“似与游者相乐”更是把景写活了，赋予了它们生命，使景物具有了人格，故能与人同乐，实际上，景与人乐，更是人与景乐。接下来写坐在潭上休息，看到“四面竹树环合，寂寥无人，凄神寒骨，悄怆幽邃”的景象，恐怕此时作者联想到自身不幸之遭遇，所以感到其境过清而离去。

这篇游记从文体上来说，是骈散结合，以散为主，偶有骈句相间。可见，柳宗元将骈文题材范围进一步扩大了。

韩、柳二人虽提倡古文运动，却并没有摒弃骈文，在他们的作品中骈文还受到古文的影响，改变了初唐以来骈文大家致力改革的骈文文风。

4. 晚唐骈文及嬗变

自玄宗晚年即开始走下坡路的唐朝国势，在经历了安史之乱的致命一击后，很难再恢复昔日的强盛和繁荣。此后，随着宦官专权、朋党之争、藩镇割据、军阀混战等内外矛盾的加剧，李唐王朝也进入了他的“暮年”。尤其是文宗朝发生的甘露事变，使之后至唐亡七十年的时间里，唐王朝的军政大权由宦官所操纵。晚唐时期的政治环境对文人们的骈文创作产生了重要影响，骈文再次发生变化。这一时期的代表作家是在骈文史上有重要地位的李商隐。

骈文从句式角度命名又叫四六，四六之名最早出现在中唐时期柳宗元的《乞巧文》“骈四俪六，锦心绣口”中，这还只是从句式特点来说明骈文。真正以四六来命名骈文的是李商隐，他将自编的作品集取名《樊南四六》。此后，四六就成为骈文的又一称呼。宋代骈文称“宋四六”，不能说没有李商隐

◎（唐）张萱《虢国夫人游春图》

的功劳。

李商隐，字义山，号玉谿生，怀州河内（今河南沁阳）人。李商隐从小就善于写文章，开成二年（837）考中进士，但处于朋党之争的夹缝中，仕途坎坷。个人认为李商隐作为诗人“名气”更响一些，而且是朦胧诗人，因为我们中学甚至小学就会学习他的诗。其他方面的成就《旧唐书》有载：“商隐能为古文，不喜偶对。从事令狐楚幕。楚能章奏，遂以其道授商隐，自是始为今体章奏。博学强记，下笔不能自休，尤善为诔奠之辞。与太原温庭筠、南郡段成式齐名，时号‘三十六’。文思清丽，庭筠过之。而俱无持操，恃才诡激，为当涂者所薄。”可知，李商隐曾师从令狐楚学习章奏之文，是晚唐时期重要的骈文大家，其文有章表、奏记、书启、诔奠等。其骈文成就与特点将以具体的文章进行分析。

如被张仁青先生称为“极自然者”的《为濮阳公陈情表》，选其部分文字如下：

> 臣闻事君以忠者，所宜效死；食君之禄者，亦戒妨贤。苟非内慊私诚，外忧官谤，则安肯固辞武节，强委侯圭。拒七命赐国之荣，舍万里封侯之策，必知不可，安敢无言。臣某中谢。
>
> 臣因缘代业，遭逢圣时。窃常有志四方，不扫一室。奉隋武之家事，无愧陈辞；慕邓傅之门风，不伤清议。属

者每忧不试，深耻因媒。自荐之书，朝投象魏；殊常之泽，暮降芸香。其后契阔星霜，羁离戎旅。从军王粲，徒感所知，掌檄陈琳，亦常交辟。吕元膺东周保厘之日，李师道天平畔援之时，潜入其徒，盈于留邸。臣此时尚持白简，犹着青袍。元膺知臣，传剑论兵，本于仁信；佩韃插羽，亦识孤虚。俾以发奸，假之捕盗；幸勿容忍，以及焚巢。旋带银章，俄分竹使。隼旟楚峡，出以分忧；熊轼郧城，忽然通贵。岂意复踰五岭，更授再麾；中间叨相青宫，忝司缇骑。

李商隐为文虽不喜偶对，却喜用典，而且用典较多。姜书阁先生在《骈文史论》中说：“章表几乎一句一典，语亦艰涩，不易理解。”实际上，李商隐的章表用典虽多，也有不易理解之处，但李商隐将这些典故用得恰到好处，反而增加了其用典的妙处。正如瞿兑之先生在《中国骈文概论》中的评价：“李商隐的文章与

◎ 李商隐

他的诗一样，以使事精博、色泽浓丽见长，所以无形中便像了两个古人徐陵与庾信。他的诗像庾信，他的文便像徐陵。总之，无论什么复杂的情事，难言的衷曲，一到他手里，便古事古语来比拟得十分确切，十分活动，再加上一种灵动的笔法，疏宕的文气，真叫读的人觉得娓娓忘倦。徐陵一派如此，陆贽一派也如此，商隐尤其能融合他两家之长，一个善于叙事，一个善于说理，都被他兼收并蓄了。”

上文《为濮阳公陈情表》中的这段文字，虽然句句用典，却将叙事、说理融于一体，不但没有用典堆砌之嫌，反而增强了文章的说服力。当然，用典较多确实不易理解，尤其针对现代的“非专业”读者而言，更是如此。

李商隐之骈文也有注重语言典丽之美的，如《献相国京兆公启》：

> 昔师旷荐音，玄鹤下舞；后夔作乐，丹凤来仪。是则师旷之丝桐，以玄鹤知妙，后夔之金石，以丹凤彰能。然而师旷之前，抚徽轸者不少；后夔之后，谐律吕者至多。曾不闻玄鹤每来，丹凤常至……其或绮霞牵思，珪月当情，乌鹊绕枝，芙蓉出水。平子《四愁》之日，休文《八咏》之辰；纵时有斐然，终乖作者。去前月二十四日，误干英眄，辄露微才。八十首之喻怀，幽情罕备；三十篇之拟古，商较全疏。过丰隆以操槌，对西子以窥镜。比其

阔略，仍未等伦。然犹斧藻是思，丹青不足，亟挥柔翰，屡赞神锋。讵成褒德之词，自是抒情之日。言无万一，读有再三；不谓以萧稂，加之金臒。频开庄驿，累泛融尊。揖西园之上宾，必称佳句；携东山之妙妓，或配新声。是以疑玄鹤之有私，意丹凤之犹党者，盖在此也。

◎（清）虚谷《松鹤图》

这篇应用性的骈文乍看起来似有六朝之文风，但华丽的辞藻中透出的却是一股清俊之气。正如于景祥先生在《中国骈文通史》中所评：“文采斐然，情韵俱美，清新而不浮靡，挺拔而不纤弱，华藻而不浮荡。”

李商隐也是一位情感丰富的作家，在骈文创作上将感情融于作品中，使文章声情并茂，真挚感人。如写给小侄女的祭文《祭小侄女寄寄文》：

正月二十五日，伯伯以果子弄物，招送寄寄体魄，归大茔之旁。哀哉！尔生四年，方复本族；既复数月，奄然归无。于鞠育而未深，结悲伤而何极！来也何故？去也何缘？念当稚戏之辰，孰测生死之位？时吾赴调京下，移家关中，事故纷纶，光阴迁贸，寄瘗尔骨，五年于兹。白草枯荄，荒涂古陌，朝饥谁饱？夜渴谁怜？尔之栖栖，吾有罪矣。今吾仲姊，返葬有期，遂迁尔灵，来复先域。平原卜穴，刊石书铭；明知过礼之文，何忍深情所属！自尔殁后，侄辈数人，竹马玉环，绣襜文褓，堂前阶下，日里风中，弄药争花，纷吾左右。独尔精诚，不知所之。况吾别娶已来，嗣绪未立；犹子之义，倍切他人。念往抚存，五情空热。呜呼！荥水之上，檀山之侧，汝乃曾乃祖，松檟

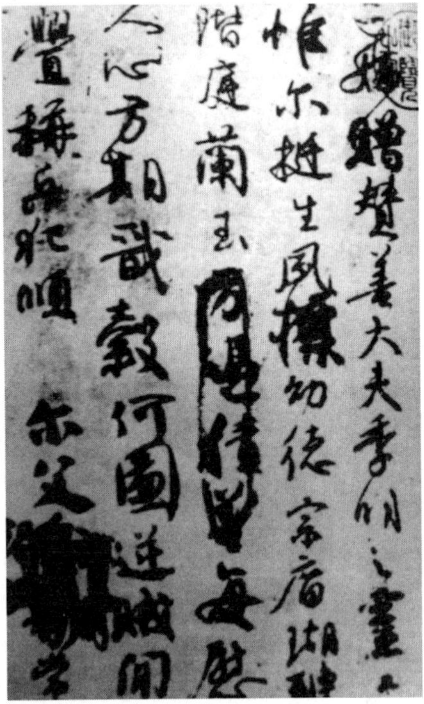

◎（唐）颜真卿《祭侄季明文稿》（局部）

森行，伯姑仲姑，冢坟相接。汝来往于此，勿怖勿惊。华彩衣裳，甘香饮食，汝来受此，无少无多。汝伯祭汝，汝父哭汝，哀哀寄寄，汝知之耶？

读完此文，感觉作者在与小侄女面对面地拉家常，从朴素的用语中可以体会到作者的真情切意。难怪张仁青先生以“极哀婉”三字来形容此文。从骈文的角度来看，此文一改往日的频繁用典，使用极其直白易懂的文句表达悲痛的情感，且将荒凉的景色描写融于叙述之中，更增加了哀伤的气氛。

李商隐作为晚唐时期的文学家，在骈文方面的成就是多方面的，在骈文发展史上也有一席之地。瞿兑之先生在《中国骈文概述》中说：“宋朝人的四六，都是承他（李商隐）的衣钵，而再参以变化的。”因此，李商隐不但吸收前代骈文大家的长处，融于自己的创作中，还开启了宋代骈文之先河。

（二）宋代四六

1. 北宋骈文

唐代骈文已经在不断地衰变，至晚期李商隐的四六文，骈文进一步僵化。但宋初文学却是以李商隐为圭臬的，直至“欧阳永叔出，一以古文气格行之，而四六之体一变”（谢无量《骈文指南》）。我们知道李商隐的骈文用典较多，尤其是章表之类的文章，几乎句句用典，而且这种“官方文书”用骈体书写在唐代已成定式。因此，北宋时，制、诰、笺、表这类文书也不能不用骈体，于是讲古文者便开辟了一种新的文体，这种新文体就是瞿兑之先生在《中国骈文概论》中所说的：“是不用典的骈文，是以古文作法来作的骈文，也可以说是白描的骈文。……这种风气大约从欧阳修创始，一时善为古文者，亦无不能作这种骈文。”散文盛行的宋代，骈文也因此发生了变化。

北宋时的欧阳修是这种文体的开创者和代表者，其作骈文乃以“古文之气势，运骈文之词句”。

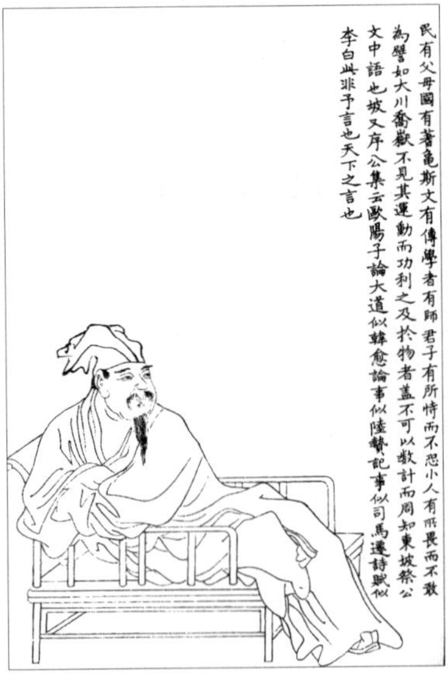

◎ 欧阳修

欧阳修，字永叔，庐陵（今江西吉安）人。欧阳修四岁成了孤儿（无父称孤），家里贫困，连学习用的纸和笔都买不起，他的母亲便以荻画地教其读书识字。欧阳修非常聪明，敏悟过人，兴趣广泛，其成就涉及经学、史学、文学、金石学、目录学等诸多方面。当时文章体裁仍沿袭五代余习，为文“镂刻骈偶，淟涊弗振”，而且文人学者“因陋守旧，论卑气弱”，虽然也有文士想革新文体，无奈心有余而力不足。后来，欧阳修得读韩愈之遗稿，心甚慕焉，才发愤学习古文。在这之前，欧阳修也作四六文，虽然不喜欢这种文体，因是科举必考科目，不得不为也。

现看其前期作品《谢进士及第启》中的一段文字，以观其四六文之特色：

窃以“思皇”之咏多士，《雅》《颂》播于姬庭；间出之有异人，文章炳乎汉德。选知言于九变，东都下深诏之辞；开孝秀之一门，唐家有得贤之盛。皆所以招徕时彦，乐育人材，讲求精禄之原，润色帝王之美。卓为往范，垂照来今。丕哉文物之华，属我神灵之运。国家右贤兴治，若古敷猷，休声塞乎渊泉，至德涌于烽火。弥文上化，疏璧水以环流；储精太宁，坐蒿莱而讲道。烂兮舜日之晏晏，焕乎尧章之巍巍。而且优游岩廊，梦想豪俊，下贤书而旁午，谕上意之丁宁。复诏策于廉科，谨乡能于岁举。驰封一马，使者在道而相望；翘首群英，天下向风而咸靡。逮计车之偕上，首方贡以前陈；委密侍之巨贤，先春闱而覆较。毡笔署乎重棘，奏可而后行；锦几坐乎中楹，亲临而明试。森陈奏牍，逮两令之不胜；精阅书衡，几百斤而未止。自匪该明治具，佩服儒规，行实蔼乎徽猷，识宇包乎贤业。寝明浸昌之毕讲，学际乎天人之交；至纤至悉而不遗，言达于国家之体。则何以上当乙览，荣中甲科，联俊乂以服官，陪英雄而入彀？

可见，欧阳修早期的骈文是工整的四六对，而且用典较多，极其繁缛。虽然后人看来这种骈文形式僵化、语言绮靡，但欧阳修科举考试第一，也说明他的四六文在当时是“糟粕中的精华”。欧阳修进士及第后便不再作此种体裁的骈文，但并不是不作四六文，而是对四六文进行了革新，将古文作法引入四六文的创作中。

欧阳修所革新的四六文最主要的特点就是“援散入骈”，打通骈散界限，具体表现在以下几个方面。

首先，为文不再刻意求对和用典。如《扬州谢上表》：

伏念臣材非适用，行辄违时，徒知好古之勤，自励匪躬之节。误蒙奖拔，骤玷宠荣。小器易盈，固已宜于颠覆；尽言取祸，仍多结于怨仇。仰恃公朝，臣虽自信；在于物理，岂有不危？矧利口之中人，譬含沙之射影，谓时之众嫉者易为力，谓事之阴昧者易为诬。上繄天听之聪，终辨狱辞之滥。苟此冤之获雪，虽永弃以犹甘，而况得善地以长人，享及亲之厚禄。坐安优逸，未久岁时，亟就易于方州，仍陟迁于秩序。有以见圣君之意，未尝忘言事之

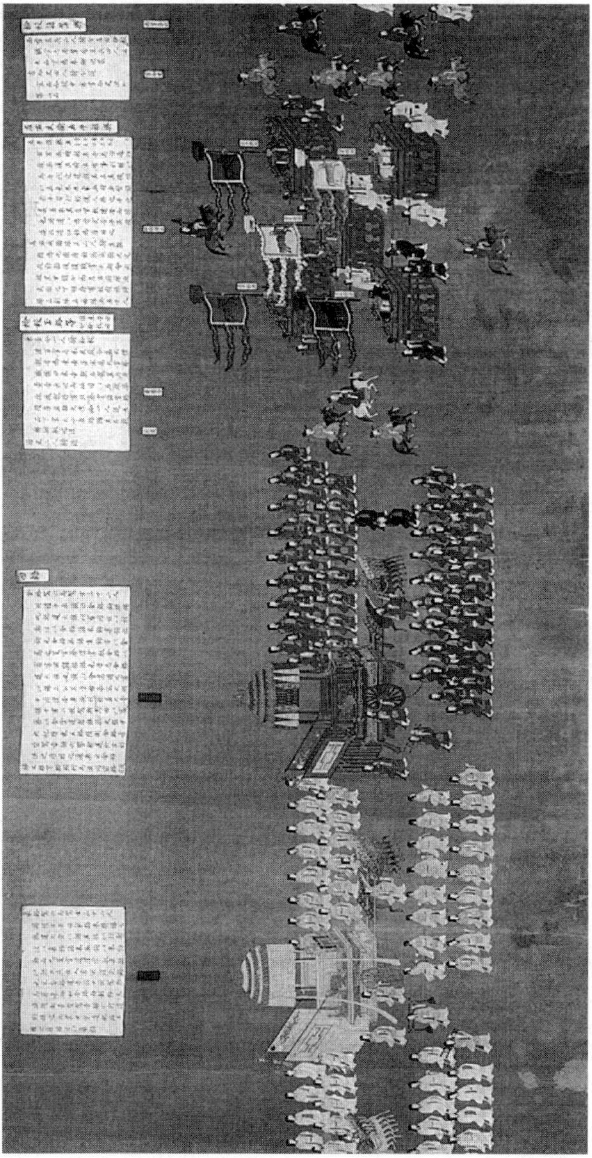

◎（北宋）《大驾卤簿图》（局部）

臣。孤拙获全，忠善者皆当感励；奸谗不效，倾邪者可使息心。非惟愚臣，独以为幸。此盖伏遇尊号皇帝陛下，乾坤覆载，日月照临，察人常务于究情，行赏必思于有劝，致兹恩典，施及孺庸。誓坚终始之心，少答生成之造。

这篇文章虽以四六句居多，但已没有刻意求工的痕迹，有些句子也不再是工整的对偶，如“苟此冤之获雪，虽永弃以犹甘，而况得善地以长人，享及亲之厚禄”，不但句子长短不一，而且有虚词调节长句之节奏。叙事用典较少，重点是将事情讲清楚。

其次，语言上，以平实之文字取代繁缛之文辞。如《乞外任第二表》：

伏念臣学不通经，材非适用。徒以遭逢亨会，进冒宠荣，一玷机衡，五迁岁律。伏遇皇帝陛下，握图抚运，嗣统当天。览决万事，则尧舜之聪明；爱养群生，则禹汤之勤俭。贤材并进，圣治惟新。臣于此时，得与大政。何修何饰，而可以称职；旅进旅退，而莫知所为。已惭廊庙之讦谟，既无远略；惟有簿书之琐屑，尚可宣劳。而苦此双瞳，莫能久视，眊然终日，兀尔尸居。上无以副人主之忧勤，下无以申臣子之报效。久而不去，罪则奚逃？此臣所以夙夕彷徨，难安自默者也。伏望皇帝陛下，曲回天听，少轸皇慈。念臣日侍冕旒，察臣心非木石。禄位者人情之所顾惜，孰肯妄辞；筋骸者物理之有盛衰，不能无乏。哀其可悯，宽以不诛。俾谐得请之恩，当识谢生之所。

这篇表文多以平淡的语言叙事，虽没有之前骈文的华美文辞，但多了一份自然，多了一份真实，犹如抒情散文般娓娓而谈。这就是欧阳修以古文融于骈文的一个优势，平实的语言、不甚工整的对句，却能更好地表达感情，能更好地打动读者。

最后，长联句的使用较多。如《乞外郡第三札子》：

臣今月二十日，伏蒙圣恩，以臣所上第三表乞解政事，特降批答不允，仍断来章者。闻命以还，忧惶殒越，恳诚所迫，欲止不能。臣以非才，误膺委用，岁月已久，不知引避。而宠禄盈满，福过灾生，仇怨既多，谤谗大作，众情不与，孤迹已危，陛下既已深察而哀怜之矣。臣之忧危迫切、披肝沥血之诚，亦已屡渎于天聪，而陛下固已谅臣至诚至恳，察臣事势当去而无疑矣。然而圣恩未忍遽许臣解罢者，必以不欲令臣因言者而罢尔。盖自思永等远窜，榜朝堂告示以来，中外皆知臣事已辨雪，陛下至圣至明，言事者不能动摇朝廷矣。今臣自以恳请，与言事者不复相关。若赐允俞，是陛下出臣于万死之中，保全其终始而使之善退也。如此，则臣之大冤已蒙辨雪，危迹又保安全，陛下天地父母之恩，自非殒骨糜躯，何以论报！臣自上三表后，已两具札子披陈，必已蒙省览。臣之血诚，竭于是矣。今更不敢烦言上黩睿听，惟乞圣慈哀悯，早赐施行。

这篇文章记为骈文，实则为骈文中的散文，有的句子长达十字、十一字，甚至十二字，而且这样的长句还不少。骈文使用如此长句，从“读”的角度来看当然不便，这也是使用长句的一个不足之处，如宋代谢伋在《四六谈尘》中讲道：“四六施于制诰表奏文檄，本以便于宣读，多以四字六字为句。宣和间，多用全文长句为对，习尚之久，至今未能全变，前辈无此体也。”虽说欧阳修之文还未达到“多用全文长句为对”，但已在骈文中较多地使用长句对，这恰恰是其革新宋初严格的四六文之处。上文已谈到欧阳修骈文的特点之一就是用典少，本来一个典故可以表达的意思，如果改用叙述的语言表达清晰明白，当然要“说得多”了。张仁青先生在《中国骈文发展史》中对宋代骈文使用长

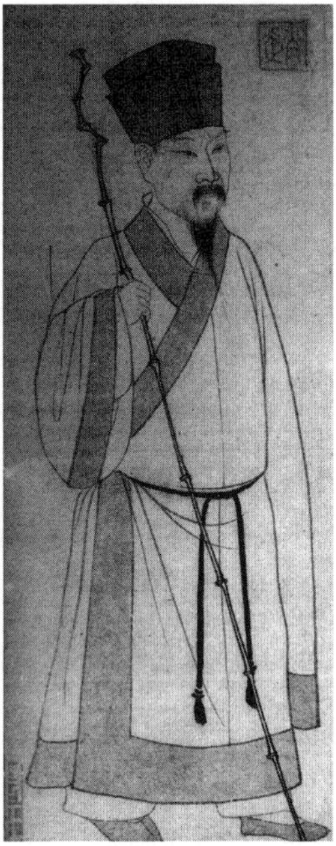

◎ 苏东坡

句的评价比较允当："四六联太长，句太多，自是宋人一病。至于隶事少，而每一意必以较长之句达之，则正是其所以能生动也。"也就是说，长句使用的好处是使本来刻意求工、求对的骈文多了一份疏荡之气，这正是欧阳修"援散入骈"的成功之处。

当然，北宋骈文的特色除上述三点外，还有多用古语、长于议论等。这都与欧阳修提倡古文有着密切的关系，本文不作具体分析。北宋骈文大家除欧阳修外，还有苏轼、王安石等，也不一一论述。

2. 南宋骈文

靖康之变后，宋室南渡，偏安东南的南宋朝开始。南宋由于所处地理环境较好、劳动者有先进的技术和经验、统治者扶持等因素，经济较为繁荣，科技、文化水平也较高，但是在军事、政治上较为软弱、无能，对金称臣纳贡。在文化上，南宋理学占据着统治地位，其诗词也相当发达。本已不断衰落的骈文，在北宋虽有革新，也已无法挽救其衰亡的命运，故有学者认为，南宋骈文已不足论。如姜书阁先生在《骈文史论》中说："宋代四六骈俪屡变而益衰，自王安石以后，本已无足论者，而向之言四六者，又往往称道南渡以还的汪藻、孙觌、周必大、杨万里，乃至洪皓、洪迈、王安中、綦崇礼，甚或及于陆游、真德秀。其实，以言骈文的发展，这些人虽间有一两篇

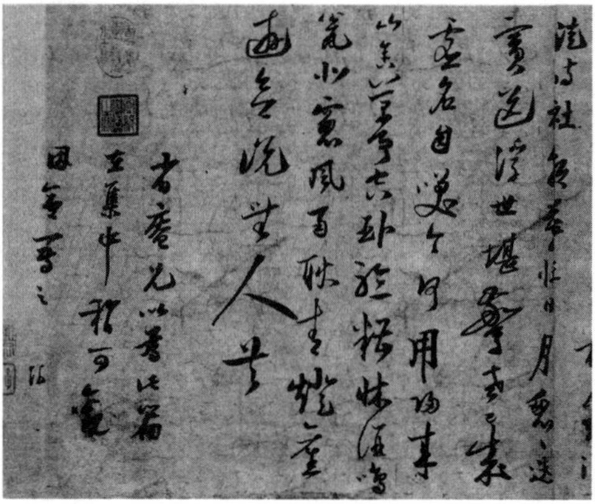

◎ 陆游草书《怀成都诗》

传诵之作，或几句四六名对、名言，却都于四六之体没有任何新的贡献，只不过追踪前辈遗迹，应时写作，偶出佳语而已，在骈文史上不能给一席之地。”南宋骈文“益衰”是事实，但也不至于“不足论”。陈寅恪先生对南宋骈文的评价则相当高，“就吾国数千年文学史言之，骈俪之文以六朝及赵宋一代为最佳”，“若就赵宋四六之文言之，当以汪彦章《代皇太后告天下手书》为第一”。

南宋骈文究竟该如何评价？如何定位？汪藻无疑是这一时期、这一领域的代表人物和集大成者。现就以汪藻的骈文为例，来看南宋骈文之特点。在分析其作品之前，先来了解汪藻其人。

汪藻，字彦章，今江西人。据《宋史·文苑传》记载：“幼颖异，入太学，中进士第。调婺州观察推官，改宣州教授，稍迁江西提举学事司干当公事。徽宗亲制《君臣庆会阁诗》，群臣皆赓进，惟藻和篇，众莫能及。时胡伸亦以文名，人为之语曰：‘江左二宝，胡伸、汪藻。’”汪藻的骈文以制诰之文成就较高，尤其是《隆祐太后告天下手书》和《建炎三年十一月三日德音诏》。下面先看《隆祐太后告天下手书》：

比以敌国兴师，都城失守。祲缠宫阙，既二帝之蒙尘；诬及宗祊，谓三灵之改卜。众恐中原之无统，姑令旧弼以临朝。虽义形于色，而以死为辞；然事迫于危，而非权莫济。内以拯黔首将亡之命，外以纾邻国见逼之威。遂成九庙之安，坐免一城之酷。

乃以衰癃之质，起于闲废之中。迎置宫闱，进加位号；举钦圣已行之典，成靖康欲复之心。永言运数之屯，坐视邦家之覆。抚躬独在，流涕何从？

缅惟艺祖之开基，实自高穹之眷命。历年二百，人不知兵；传序九君，世无失德。虽举族有北辕之衅，而敷天同左袒之心。乃眷贤王，越居近服。已徇群情志请，俾膺神器之归。繇康邸之旧藩，嗣我朝之大统。汉家之厄十世，宜光武之中兴；献公之子九人，惟重耳之尚在。兹为天意，夫岂人谋？尚期中外之协心，共定安危之至计。庶臻小愒，同底丕平。用敷告于多方，其深明于无意。

首先介绍一下隆祐太后，她本是哲宗皇帝的皇后孟氏，年仅十七岁就当上了皇后，可知这位孟氏各方面应该都很优秀。后来因为后宫争宠被诬陷而废，四年后，徽宗继位，这位废后又复位为元祐皇后，不幸的是两年之后再度被废。1127年，金兵攻占开封，大肆掳掠，这位两遭废位的皇后因祸得福，因为没有名位而未被掠走。金人带上所掳的人、物北上，封了个傀儡皇帝张邦昌来收拾烂摊子。张邦昌便将这位幸存的“皇后”迎入宫中并尊为太后，隆祐太后垂帘听政仅一个月，就大大稳定了上下军民之心。隆祐太后除安排康王赵构继位，还颁布了许多诏书昭告天下，安抚百姓，这就是汪藻此篇手书的由来。

纪昀在《四库全书总目》中说：“其代言之文如《隆祐太后告天下手书》《建炎三年十一月三日德音诏》，皆明白洞达，曲当情事。诏令所被，无不凄愤激发，天下传诵。”这正是汪藻之文的特点，在当时特殊的历史环境下，这样愤慨激昂的文字可以起到激发民愤、赢得民心的作用。这是汪藻写文章在情感上的成功之处。

从骈文的角度来看，这篇文章有三个方面的特色。

首先，用典简单易懂而又十分恰当。自欧阳修以古文作骈文始用典就逐渐减少，汪藻的骈文用典也不多，且不易看出用典的痕迹。如《隆祐太后告天下手书》中“汉家之厄十世，宜光武之中兴；献公之子九人，惟重耳之尚在”，此处之典用得就很精切，且为大部分人所熟知，用这样的典不会显得生僻。“汉家之厄十世”，既指汉高祖至光武帝，也是指宋太祖至宋高宗，因为两者恰好都是十世，接下来讲光武中兴，就是希望高宗能实现宋朝的中兴之业。第二句是说重耳在外流亡十九

◎（南宋）《宫苑图》

年，终成晋国大业，而康王赵构也因在外而幸免于难，此处讲重耳之事，实则是暗示高宗，也是对国人的安慰。

其次，虽无长句，却见散意。北宋初期四六文的缺陷是形式僵化、板滞，欧阳修为了革新此弊，增加了句子的长度，以散文之优点融于骈文之中，这虽然改变了四六文的不足，却又增加了“不易宣读”的弱点。汪藻此文长句很少，以四六句为主，但并不显得呆板，文中多用虚字以增加散意。如“虽义形于色，而以死为辞；然事迫于危，而非权莫济”，“虽”“而”“然”的运用，使行文有了变化，读起来多了份柔和。

最后，语言较为平易。文中较少使用生僻字，且明白易懂，如“历年二百，人不知兵；传序九君，世无失德”，虽是骈文偶对，却已无骈文兴盛之时用字的浮华，也不见晚唐时的繁缛。

以上均是汪藻骈文较前人的进步、优异之处，但可以看出，他的文章在体制上没有创新，在文风上也没有大的变化，只是在前人的基础和规范内进一步完善，恐怕这也是姜书阁先生认为南宋之骈文在骈文史中不能得一席之地的原因。汪藻是南宋骈文的集大成者，亦没有新的突破，也就是“不足论”的原因。

伍

骈文复兴

——元、明、清

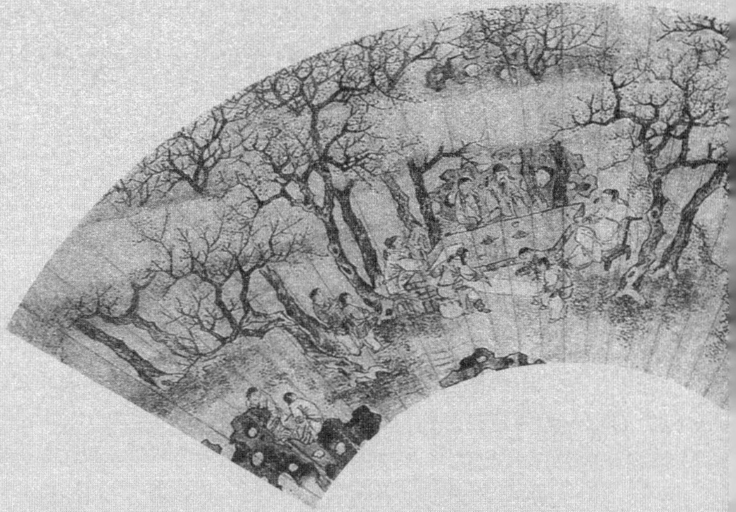

骈文的复兴实际上是在清代，而元明之际的骈文也不可不说。虽然元明时代的骈文几乎绝迹，但作为骈文发展史上的一个阶段，也不可忽略。所以，这一章的内容要涉及三个朝代。这一时期骈文发展的状况如何？谢无量先生在《骈文指南》中进行了概括："吾国美文最盛于六朝之际，至唐以后，则实用文盛而美文衰矣。宋之四六已不甚以雕章琢句为能，故气势有余，而藻采或逊。逮夫元明之世，虽以赋颂经义试士，其中亦要排比声律，苟用虚廓猥浅之词，以追时谐俗，此固不足以言文，而更何有于美。明时李、何、王、李之徒，每好摹古，然但希踪汉魏，罕法齐梁，其尺牍杂文偶弄小巧新意，不过剿写字句，无能自成一家者。故元明间，惟为古文者不绝，骈文之不振，盖时势好尚则有然也。明季士习渐慕华采，清初乃有以四六名家者，陈其年最号杰出，汪尧峰见其文曰：'开宝以来，七百年无此文矣！'识者以为笃论。同时，尤西堂亦能俪词，特善为游戏文，非正轨，章藻功之徒，益音调庸陋。独毛西河不以骈文著称，偶一为之，辄斐然可观，是以清初四六之工者，必推西河与其年也。此后，骈文与古文并行。及乾嘉之际，四方无事，在上者多方以厉文学，士人研精考索，遂往往好为沉博绝丽之文。自乾嘉来，以骈文传者，不啻数十百家，极一时之盛。于是清之骈文，其高者率驾唐宋而追齐梁，远为元明所不能逮。然则清初之为骈文者，其影响被于一代，不为小也。"可见，元、明骈文不振，清代复兴。下面按照朝代具体分析各朝之骈文。

（一）元代骈文

元朝是由蒙古族入主中原而建立的，是我国历史上版图最大的王朝，也是统治时间相对较短的朝代。蒙古统治者实行民族压迫政策，把人分为四等，按等级高低依次是蒙古人、色目人、汉人、南人。很明显，掌握较高文明的汉人和南人地位低下，没有话语权。就连相对公平的“高考”——科举考试，在元代也是不公平的，而且时行时废，统治者对参加科考的汉人和南人“要求”很高，不但录取比例小，而且“分数”也比前两等人高。统治者对文化的发展不甚重视，再加上战争的破坏，使元初文化失去了发展的基础和条件，骈文当然也几乎绝迹于文坛。

◎ 成吉思汗

马克思说：“野蛮的征服者自己总是被他们征服的民族的较高文明所征服。”这句话读起来很拗口，但确实是条真理，也就是武力征服了文明，最终又被文明征服。后来元朝统治者逐渐接受了先进的汉文化，文人的地位有所提高，文化发展的环境得到些许改善，但本已衰落的骈文在元代是不可能重获生机了。元代不仅骈文作家少，而且他们的骈文质量也不高，只有被称为“大家”的学者如姚燧、虞集、赵孟頫等作过一些骈文。

姚燧，字端甫，号牧庵，今河南人。姚燧官至翰林学士承旨，是元代较早的骈文作家，相对优秀的文章要数《刘秉忠赠赵国文正公制》，学宋人文章之形，但不具宋文之神。如：“身本斯立，政条用张。颁禄于陕之东西，屯田于淮之南北；从征六诏，与越三江。赞神武不杀之仁，洽民心好生之德，咸嘉谟之入告，至大业之佐成。是以枫宸之念功，俾于兰省而总政；属王旅箪壶之迎劳，随王舆文轨之混同。而独身不及见之，亦众心所甚惜者。”虽为四六文体，但长句较多，偶对亦生涩、牵强，与宋人骈文之用长句效果相差甚远。

虞集，字伯生，今江西人。虞集曾任翰林直学士兼国子祭酒，文宗时任奎章阁侍书学士，是元代著名的文学家。其骈文代表作是《奏开奎章阁疏》：

臣某等言：特奉圣恩，肇开书阁，将释万几而就佚，游六艺以无为。此独断于睿思，而昭代之盛典也。乃俾臣等并备阁职，感兹荣幸，辄布愚忱。钦惟皇帝陛下，以聪明不世出之资，行古今所难能之事。以言乎涉历，则衡虑

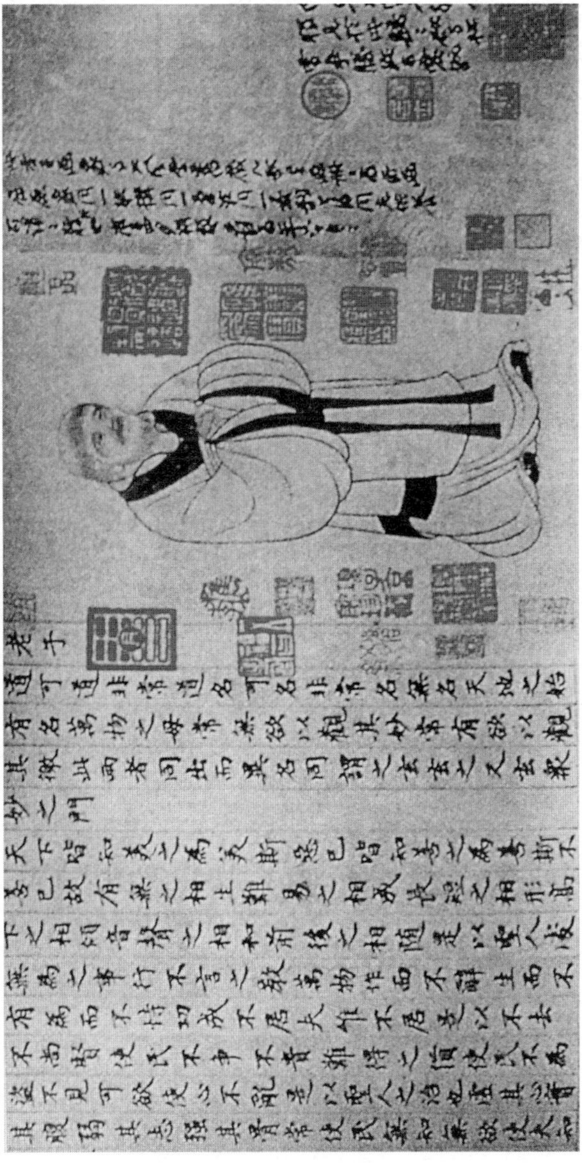

◎ 赵孟頫《老子像道德经卷》

困心，艰劳之日久；以言乎勘定，则拨乱反正，文治之业隆。然而功成不居，位定不有，谦逊有光于尧、舜，优游方拟于羲、黄。集群玉于道山，植众芳于灵囿，委怀澹泊，造道精微。若稽在昔之传闻，孰比于今之善美！而臣等躬逢盛事，学愧前修，虽既竭于论思，惧无堪于裨补。然敢不咏歌雅颂，极襄赞之形容；探赜图书，玩盈虚之来往。冀心神之融会，成德性之纯熙。揆微志而匪能，诚至愿其如此。仰祈天日，俯察刍荛。臣某等不胜惓惓之至。

从文体上来说，是四六文，偶对也算工整，只是仍在模仿和因袭宋人之法，从骈文的发展来说，没有新的突破。姜书阁先生在《骈文史论》中对此文的评价："号称一代大家所作，不过是这样颂扬过实，毫无新意，亦无自造警语的平庸之文。"

赵孟頫，字子昂，号松雪道人，今浙江人。赵孟頫一生经历宋、元两朝，生于宋，身世显赫，是宋太祖十一世孙，入元后，累至翰林学士承旨，封集贤大学士等，是著名的画家、书法家，与欧阳询、柳公权、颜真卿并称"楷书四大家"。

因其经历特殊，故其骈文还能看到一些宋人骈文的影子，如《赠张九思上柱国鲁国公谥忠献制》：

功存翊卫，睠惟先正直臣；国有彝章，式举追崇之典。宜颁异渥，以贲重泉。具位宽厚有容，质直好义，早逢熙运，位登喉舌之司；逮事春宫，身任羽翼之寄。属奸臣之作乱，闭宫门而弗开，仓猝之间，忠节可尚。太皇知其谨慎，委任尽其始终；世祖畴其勋庸，爰置诸其左右。天下诵司马光之字，朝廷推万石君之风。从容乎庙堂，密勿乎禁近。鞠躬尽瘁，弼亮三朝；正笏垂绅，夷险一节。谋猷方资于启沃，疾病遽得于勤劳。虽浸世之有年，亦怀贤其无已。是以封之东鲁，建于上公；三司同开府之仪，八柱表承天之力。示崇德报功之泽，极生荣死哀之情。于戏！朕惟图任旧人，天不慭遗耆老；九原莫作，一品斯崇。夫推贤尽诚之谓忠，贤德有成之谓献，合兹节惠，以著嘉名。咨示英灵，服予宠命。可。

◎ 关汉卿

这篇文章以四六句为主，也有七八字长句，使文章工整中又见婉转，而且行文流畅，可见宋文之遗风。但是这样的文章毕竟是少数，对整个元代的文坛来说只是一阵小小的微风，甚至吹不起一片涟漪。

元代“正统”的骈文衰落不

振，但是在通俗文学领域却产生了一定的影响，尤其是元代盛行的杂剧和戏曲。由于文体的限制，不可能整篇皆骈，但常常会出现整段的偶对之辞。如关汉卿的[南吕]《一枝花》套（赠朱帘秀）："……富贵似侯家紫帐，风流如谢府红莲，锁春愁不放双飞燕。绮窗相近，翠户相连，雕栊相映，秀幕相牵。拂苔痕满砌榆钱，惹杨花飞点如绵。愁的是抹回廊暮雨萧萧，恨的是筛曲槛西风剪剪，爱的是透长门夜月娟娟。凌波殿前，碧玲珑掩映湘妃面。没福怎能够见？十里扬州风物妍，出落着神仙……"这些偶对也不像正式的骈文那么工致，而且很口语化，通俗易懂，也算是衰落中骈文的另一条出路。

（二）明代骈文

1368年，一个特殊的年份。这一年朱元璋赶走了元朝最后一个皇帝，建立了大明王朝，结束了"异族"统治中原的时代。明朝建立后，为了进一步加强中央集权，废除了秦、汉以来实行了一千多年的宰相制度，集君权、相权于皇帝一人之手。明朝的皇帝自太祖朱元璋起就有一个"通病"——多疑，大权独揽依然不能放心，于是又设立了特务机构——锦衣卫，后来明成祖设立东厂，明宪宗设立西厂，这些机构专门负责搜集情报，而且有权力抓捕、审讯任何"反动"人士，且监视的主要是政府官员、社会名人、学者等。厂、卫一般由宦官总领，后来逐渐演化为宦官的权力机构。

文化上，明朝实行残酷的文字狱，再加上厂、卫的严密监视，文人、学者的言论便失去了自由，文化也就失去了发展的空间。另一方面，明朝科举实行严格的八股取士，参加科考要按照规定的标准作文，更是限制了文化的自由发展。在这样的政治、文化政策下，骈文的境遇也是可想而知的。

◎ 明太祖

明代骈文的发展大致可以分为三个阶段：初期、中期、晚期。姜书阁先生认为，这三个阶段的骈文是“明初及晚明两时期，尚可能有骈文可言，而明代中期以李、何、王、李为首的前、后‘七子’统治文坛之时，便绝无骈文可言了”。

明初骈文作家以宋濂、方孝孺、刘基等为代表，虽是明代优秀的骈文家，但他们的作品与唐宋衰落之文相比，都要逊色得多。

宋濂，字景濂，号潜溪，今浙江人。宋濂官至学士承旨，其骈文多是制诰之类的官方文书。如《给事中安统除兵部尚书诰》：

兵部司马之职，尚书法从之官，古不轻授，今难其人。盖戎务之出入，马政之弛张，莫不系焉。非有奋厉之才，练达之知，不足以奉扬威武，毗赞机密者矣。（具官安某）粤自早岁，有志事功；自北而南，在朕左右。及其给事内庭，论思献纳之益，亦时有焉。夏官之选，惟尔之能。然以八座之贵，朕非轻以畀人者也。尔尚一乃心力，以报朕所以见知之意。呜呼！唯秉义守正，则可以谨科条；惟趋事赴功，则可以行邦政。尚思自勉，服我训辞。

此为官方文书，自是“官调”十足，多用套语，读这样的骈文，绝无欣赏美文之感受。但科举考试培养出来的文官，写作公文如同现在的英语高考作文、英语四六级作文，早就有各种模版以供参考，这样模仿出来的文章，能够注意到骈散结合、文气畅通，已算“上乘之作”了。

◎ 方孝孺

方孝孺，字希直、希古，号逊志，也是浙江人，而且是宋濂的弟子，因不肯为明成祖朱棣登基制诏而被杀，且被诛十族。《四库全书总目》称赞方孝孺“学术醇正”，而其“文章乃纵横豪放，颇出入于东坡、龙川之间”。他的散文成就也较高，文笔畅达，言简意明，为时人所传诵。在骈文方面，既有气势豪放的一面，又受散文影响，有散化的一面。如《深虑论》最后一段文字：

良医之子，多死于病；良巫之子，多死于鬼。彼岂工于活人而拙于活己之子哉？乃工于谋人而拙于谋天也。古之圣人，知天下后世之变，非智虑之所能周，非法术之所能制，不敢肆其私谋诡计，而唯积至诚，用大德以结乎天心，使天眷其德，若慈母之保赤子而不忍释。故其子孙，虽有至愚不肖者足以亡国，而天卒不忍遽亡之。此虑之远者也。夫苟不能自结于天，而欲以区区之智，笼络当世之务，而必后世之无危亡，此理之所必无者也，而岂天道哉！

方孝孺之骈文散化的表现也就是使用了较多的长句，但又不可避免地产生了沉冗的弊病。可见，明代大家之骈文也只能勉强算作骈文而已。

◎ 刘基

刘基，字伯温，谥号文成，浙江人，元末明初的军事家、政治家，也是文学家，犹精天文和兵法。刘基作为朱元璋的重要谋臣，参与军事机要多年，为其出谋划策。这样的“军旅生涯”使刘基的文章在气势上要略胜一筹。如《司马季主论卜》中季主之言：

> 呜呼！天道何亲？惟德之亲。鬼神何灵？因人而灵。夫蓍，枯草也；龟，枯骨也，物也。人，灵于物者也，何不自听，而听于物乎？且君侯何不思昔者也？有昔者必有今日。是故碎瓦颓垣，昔日之歌楼舞馆也；荒榛断梗，昔日之琼蕤玉树也；露蚕风蝉，昔日之凤笙龙笛也；鬼磷萤火，昔日之金缸华烛也；秋荼春荠，昔日之象白驼峰也；丹枫白荻，昔日之蜀锦齐纨也。昔日之所无，今日有之不为过；昔日之所有，今日无之不为不足。是故一昼一夜，华开者谢；一春一秋，物故者新。激湍之下，必有深潭；高丘之下，必有浚谷。君侯亦知之矣，何以卜为？

文中多用偶排之句式，读来自有一种一泻千里的畅快淋漓。句式整齐，而且注意到骈散的结合，确有唐宋骈文之遗风，在明代生涩的骈文中是少有的优秀之作。

明代中期，前、后七子提倡“文必秦、汉，诗必盛唐”，所以姜书阁先生说“非驴非马之四六骈俪亦绝迹于文人之集了”。虽然这一时期的骈文并未真的绝迹，但是在文学复古运动的冲击下，可观作品不多。因此，对于明代中期的骈文将不再详细论述。

明代后期政治腐败，社会危机日益加剧，农民起义不断，动荡的环境反而为文化的发展提供了一个相对自由的空间。同样，骈文的创作也有所回升，如汤显祖之文。同时，明末爱国志士等都有一定的骈文传世。

◎ 汤显祖

汤显祖，字义仍，号海若，亦号若士、清远道人，晚号茧翁，江西人。汤显祖从小聪明好学，有才气，二十一岁中举人，但由于明朝后期政治的腐败，科举考试已成为某些人的专利，正直的汤显祖迟迟未能中进士；三十多岁中了个名次极低的进士，而且一直从事“清闲”的职务。汤显祖在文学和戏曲上都有一定的成就，尤其是在戏曲创作上，有“东方莎士比亚”之称。但他的戏曲成就不是本书讨论的主题，这里重点是看他的文学主张及骈文创作。汤显祖在文学上反对明代中期以来的复古思潮，主张文学创作要以思想内容为主，骈文上偏好六朝之文。如其《庭中有异竹赋》：

大学之英，君子之亭。度灵台而选胜，绕圣林而启扃。丽圜桥之碧藻，荐方沼之文萍。被素风以悠衍，承翠气之葱菁。鱼相忘于在沚，鸟载肃于高冥。非游尘之所篴，实君子之攸宁。朱弦在御，玉磬悬庭。伫休闲于鼓箧，肆静谧以横经。采齐而步其视，呻哔靡乱其听。载色载笑而嘉，则一张一弛以遗形。释缤纶乎几席，纵流莅于轩棂。幄垂云之曼莱，带积石之遥町……

与元代骈文相比，此作至少形式上是标准的骈文，对偶工整，写景善用铺排，几乎不见长句，这也是汤显祖文学主张在骈文创作上的体现。

汤显祖骈文题材范围较广，除赋作之外，书、启、赠文、颂德、咏物、祝寿等均有骈文之作。如其祝寿之文《百仙图赋寿郭年伯相奎父》：

南极一星，西真百人；灵仪引日，正气生神。年齐一指，人过六身。黄眉写照，素领笼巾。巑岏杼首，缅邈微嚬。松子游汉，桃花去秦。桃结千年之实，松披万岁之鳞。蒲茸石上，珊瑚海滨，露晞红燥，烟开翠匀。俱邀皓侣，并戏玄津……

◎（明）《北京宫城图》

此篇文章以四六之对为主，注重选词炼句，有学六朝骈文之倾向。所以于景祥先生评汤显祖之骈文说：“唐宋之后以至元明，学六朝骈文而酷似其形貌神髓者，汤显祖而外实难再举出其他人。”

明末爱国志士之骈文在明代骈文中也是优秀之作，如参加过抗清斗争的陈子龙、张煌言等。下面以张煌言之骈文为例加以说明。

张煌言，字玄著，号苍水，浙江人，南明著名的诗人和将领，坚持抗清二十年。其文较有名的如《北征录》《上延平王书》等，现有《张苍水集》，其中有骈文《祭平夷侯周九苞文》比较有特色，现选录部分文字以观之：

> 呜呼！天荒地老，达人每等视于电光；琴亡剑化，哲士或寄慨于星芒。然而菀枯者旦暮，修短者阴阳；委形顺命，夫何用其悲凉！独废兴存亡之感，交切于中而不能自解者，其在公之丧！盖公之勋名，如横海下濑，则英威不可谓不张；公之寿考，几营平新息，则景福不可谓不康；公之胤嗣，如琼枝玉树，则承家不可谓不昌；公之部曲，皆铁肝石肠，则报国不可谓不壮。惟是鲸鲵虽靖，而中原之虎豹尚狂；带砺虽盟，而中兴之旌钺谁勷？奚不慭遗元老，以九合而一匡，而遽骑箕尾以上翔？此则慰公者，以高爵稀龄，令名晚节；而所以惜公者，未及持风细柳，捧

日扶桑。即公之当自惜而不能自慰者，犹有逊于铜柱之平蛮，金城之平羌……

文中赞赏周九苞的报国热情与气节，写得慷慨激昂，极有气势，既有工整的偶对，又有长句以行散意，也有虚词以防骈俪之冗滞。于景祥先生说："文中措意命词，志深笔长，整齐的对偶句式之中充溢着爱国志士的浩然之气。因而文章便反复曲畅，不见冗繁琐碎之态。应该说这是明代骈文中不多见的声情并茂之作。"总之，明末骈文已有"复苏"之现象。

（三）清代骈文

谢无量先生在《骈文指南》中谈到，元、明骈文之不振是由于"时势好尚"，而对于清代骈文之复兴，也指出了一个方面的原因：乾嘉时期"在上者多方以厉士、士人研精考索"。具体来说，清代骈文复兴的原因有以下几个方面。

一方面，清朝建立之后，政治稳定，经济恢复发展较快，尤其是康熙、雍正、乾隆三朝，出现了著名的"康乾盛世"，经济繁荣，社会安定。因此，雄厚的物质条件为文化的发展奠定了基础。

清代统治者与元代相比，文化素质和修养较高，他们也比较重视文化建设，故而注意笼络文士，为文化的发展创造了条件。其重要表现就是继续实行科举考试，这就调动了一大批想改变命运之人发愤苦读。另外，设立博学宏词科，招揽天下精英，征集名师大家从事编书、修史等文化活动，这些都促进了文化的繁荣。

另一方面，清朝毕竟是异族建立的封建王朝，民族矛盾和阶级矛盾始终存在。统治者实行拉拢手段的同时，也实行严厉的打击政策，即文字狱。有点儿像一手拿糖、一手拿棒的家长管教孩子，听话就给糖吃，不听话就打你。在棍棒的威吓下，出现了一些既不愿听话又不想挨打的聪明孩子，并且他们找到了一个折中的办法，那就埋首故纸堆，研究考据、义理等不关时政之学。而考据、义理的兴盛，对于讲究用典、声韵的骈文的发展起到重要的推动作用。

清代骈文的复兴表现在多个方面。第一个表现，骈文作家和作品数量增多，这是骈文复兴最直观的表现。如清初著名的骈文家有陈维崧、毛奇龄、尤侗等；清代中期是清代骈文最繁盛之时，这时的骈文大家有汪中、胡天游、袁枚、孔广森、孙星衍、洪亮吉等；清代后期以李兆洛、金应麟等较有名气。清代骈文作家不但各自创作了数量和质量都相当可观的作品，还有人收集、整理、编录了前人优秀的骈文，如李兆洛的《骈体文钞》、许梿的《六朝文絜》、王先谦的《骈文类纂》、彭元瑞的《国朝骈体正宗》、孙星衍的《问字堂骈文》、孔广森的《仪郑堂骈体文》、李慈铭的《越缦堂骈体文钞》等，还出现了研

◎《雍亲王行乐图》

究骈文的专著，如孙梅的《四六丛话》、陈维崧的《四六金针》、陈云程的《四六清丽集》等。

清代骈文复兴的第二个重要表现就是骈文题材范围的扩大。骈文自唐以后，所应用的范围越来越窄，宋代就逐渐演变为制诏、启、奏等官方范围内使用，其文学性渐渐丧失，正如谢无量先生所说："至唐以后，则实用文盛，而美文衰矣。"清代骈文则走出了"实用文"之藩篱，创作题材较为广泛。尹恭弘先生在《骈文》一书中认为："清人打破了宋代骈文仅有表奏制启的狭隘的写作范围，重新使骈体文创作走向多样化，从而使骈文有了一个广阔的创作天地：它可以玩味自然风光，也可以拥抱现实生活；它能表现人际关系，也能吐露自我情怀；它有时是辛辣的讽刺，有时又是幽默的揶揄；它能说今，也能怀古。"其对清代骈文创作多样化的概括相当精辟。

第三个表现就是骈文有了进一步的发展变化。有关清代骈文是否可以称为复兴之说还是存有争议：有的学者认为清代骈文没有超过六朝、唐、宋骈俪或四六而有所独创，所以谈不上复兴；也有学者认为清代骈文创作相对于元、明几绝的情况而言是繁盛的，故可以认为是复兴。本文取第二种观点，姑且认为是相对而言的复兴。骈文发展至六朝已达到了极盛，经过唐、宋的革新，若要在体制上再对其进行创新，实则不易。因此，清代骈文家在吸收前人创作经验的基础上，融入各自的思想和体会，而不是纯粹的拟古，因而能够摆脱元明之际骈文创作的空疏浅陋，使骈文重放光彩。

清代骈文复兴的表现是多方面的，这里仅举三个重要的方面论述，其他方面如骈文流派众多等不作详细论述。下面按时代顺序以具体人物的具体作品来看清代之骈文。

1. 清代前期

陈维崧，字其年，号迦陵，今江苏人。陈维崧从小就很有才气，十岁替伯父作《杨忠烈像赞》，年龄稍长便随父亲参加各种名人聚会，作序写记，常常是千言立就，且瑰玮无比。陈维崧到五十多岁时，始举博学宏词科，授翰林院检讨。陈维崧是清代著名的词人和骈文家，因词有“把酒祝东风，种出双红豆”之句，而被称为“红豆词人”。其骈文方面的成就，毛际可在《陈检讨集序》中概括为：“自赋、骚、书、启以及序、记、铭、诔，皆以四六成文。余偶披篇首，已见其棱棱露爽，继讽咏缠绵，穷宵达昼，言情则歌泣忽生，叙事则本末皆

◎ 康熙皇帝朝服像

见。至于路尽思穷，忽开一境，如凿山，如坠地，如惊兕乍起，鸷鸟复击，而神龙夭矫于雨雹交集之中也，为之舌挢而不能下。”这段话讲到陈维崧骈文的题材范围之广，也讲到了其骈文特色，“言情则歌泣忽生，叙事则本末皆见”。

陈维崧生于明末，经历过社会动荡，国破家亡，而且五十多岁才举博学宏词科，这样的身世和经历使得陈维崧的骈文多了一份悲怆的忧郁之情。如《与芝麓先生书》：

于是操弦泣下，搦管悲来。北渡萧综，时闻落叶；南归符朗，每见江流。客自佣奴，鲜击堂前之筑；人非太子，能吹天上之笙。固已箭泣长杨，岂但河悲酸枣。

此文虽短，悲凉之情已见。文章以四六之句而成，且有疏宕之气势，在元明之后出现这样的文章，可谓佳作。但瞿兑之先生认为此文虽好，却缺乏凝重之气势。

再看其《铜雀瓦赋》：

魏帐未悬，邺台初筑；复道袤延，绮窗交属。雕甍绣栋，矗十里之妆楼；金埒铜沟，响六宫之脂盝。庭栖比翼之禽，户种相思之木。馺娑前殿，逊彼清阴；栢梁旧寝，嗤其局蹙。无何而墓田渺渺，风雨离离。泣三千之粉黛，伤二八之蛾眉。虽有弹棋爱子，傅粉佳儿，分香妙妓，卖履妖姬，与夫杨林之罗袜，西陵之玉肌。无不烟消灰灭，矢激星移。何暇问黄初之轶事，铜雀之荒基也哉！春草黄复绿，漳流去不还；只有千年遗瓦在，曾向高台覆玉颜。

此赋似有六朝抒情小赋之特征，雕藻词采，追求典雅。如“粉黛”“蛾眉”“妙妓”“妖姬”“春草”“玉颜”等词汇，让人一看便想起宫体艳赋，但这些词语与“泣”“伤”“分香”“卖履”“黄”“覆”等连用，所起的效果就大不一样了，反倒给人一种昔日繁华散尽、唯有断瓦残垣的荒凉之感。作者借此感慨自己的身世遭遇与不幸，感慨国破家亡之悲痛。

毛奇龄，又名甡，字大可，又字于一、齐于，号秋晴，又号初晴等，以郡望西河，称西河先生，今浙江人。毛奇龄自小记忆超群，四岁时，母亲口授《大学》，即能成诵。长大后博览群书，对自己的才学非常自负，喜好辩驳，经常抨击别人。《清史稿》说他“他人所已言者，必力反其词”。明亡时，毛奇龄在学宫里哭了三天，然后跑到山上自己盖了间小土房，在里面读书。康熙十八年（1679），与陈维崧、朱彝尊、尤侗同举博学宏词科。毛奇龄学识渊博，能治经、史、音韵，尤以经学傲睨一世，还精通音律，亦工词，并擅长骈、散文，且能自成家数。

看其骈体书信《复沈九康成书》：

累接来章，并讽妙句。知文衣在御，犹恋乌裘；炙毂争先，不遗穷辙。所侍子云待诏，笔札是好；东方执戟，阻饥无恙。是为慰耳。

昨者子长漫游长安，寓情赋物。登楼四望，雅似仲宣；研精十年，乃思玄晏。推其意旨，非谓藉此标榜，当有所遇。只以游子流离远道，同兹颠沛；曲借遐讯，慰我沦落。乃自春徂秋，中间迁隔，偶愆裁叙，竟乖报诠。顷始因风，有所写寄。陡接来示，乃知秣陵之书，未经栖目；山阳之笛，居然在耳。探怀袖之攸藏，痛音徽之未灭。而徐生所著，其文尚在；滕王饷序，至今未见。

夫以仆遭逢，当此侘瘵，虽使故交通显，荣问日接。犹且过杨侯之邱，多所记忆；挹黄公制酒，无不浩叹。况以知交零落之年，加之远道栖迟之顷。自分憔悴，应先朝露。而斯人无故，陨为秋草。则梁生之殡，异地堪怜；任咸之寡，同侪所念。又况乎览长途而悲薛收之亡，睹遗文而悼孔璋之逝者哉！

曩时延陵贻剑，失之生前；今者西河赠篇，迟于身后。死而有知，古今同痛。兹丙足下焚前寄序，复诵是书。非敢云巨卿之信，能绍前期；庶几效栾公之哭，犹为反命而已。

这封回信是为悼念亡友子长而写，情感真挚而深沉，读来

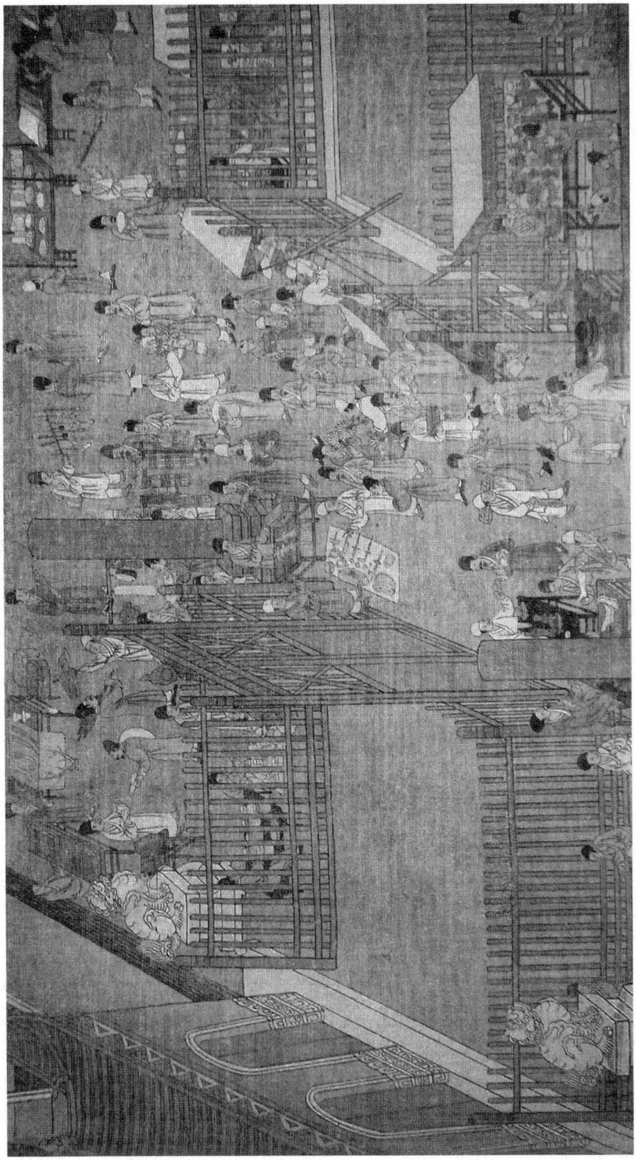

◎（明）《皇都积胜图》

令人心情沉痛。文中既有工整的对偶，也有长句以行散气，骈散结合十分恰当，毛奇龄不愧是骈散兼长的大家。这篇书信行文流畅又不乏疏荡之气。作为骈体，文中用典自然而不生僻，语言平实而不刻意雕藻，有六朝遗风。于景祥先生认为，毛奇龄骈文的突出特点是取法六朝，骈散结合，自然浑融。

2. 清代中期

清代中期，学术、文化均达到了鼎盛，这时期骈文创作也出现了元明以来前所未有的高潮。正如谢无量所说："自乾嘉来，以骈文传者，不啻数十百家，极一时之盛。于是清之骈文，其高者率驾唐宋而追齐梁。"这一时期杰出的骈文作家也非常之多，下面以胡天游、袁枚、汪中、洪亮吉为代表来看清代中期的骈文。

胡天游，初姓方，名游，后改姓胡，名骙，字稚威，后来又改名天游，取方外天游之意，号云持。胡天游也是个奇才，五六岁时，母亲口授《昭明文选》，即能成诵。他长大后，天赋极高，博览群书。只是上天在赐予他聪明才智的同时，未给予他与之相匹配的外表。虽然不能以貌取人，但他的外貌不佳却是个不争的事实：面黑有痘瘢，斗鸡眼，身材矮小。不过胡天游虽然身材矮小，却有气雄万夫的自信，尝自比管仲、乐毅。在文学方面，《清史稿》说他"自言古文学韩愈，然往往涩险似刘蜕，非其至也。俪体文自三唐而下，日趋颓靡。清初陈维崧、毛奇龄稍振起之，至天游奥衍入古，遂臻极盛”。在骈文创作上，气象雍容，沉博绝丽。如其为人所称赞的《清一统志序》：

> 继天测灵，厚德载物；含运元化，庞侔堪舆。高七制而叙五期，式九围以洞三极。寒暑节气，均调八纮；鲲鲸彗涛，晏静夏海。草木合向而拱附，牛马依律而内首。日月之所出入，风雨之所往来。青羌攒树之郊，丹栗拂水之野。莫不荐版环幅，同朔共采。过神农之表，穷桑孰知其几旬；带昆仑以还，提封何较于三万！

从骈文的角度来看，这确实是一篇优秀之作，对偶工整且有气势。但是姜书阁先生认为此序的失败之处是“虽费劲笔墨，究与《一统志》无关”，此说也有道理。胡天游此文就像一篇文采飞扬的高考作文，可惜不符合题目要求。

◎ 乾隆皇帝朝服像

袁枚，字子才，号简

斋，晚年自号仓山居士、随园主人、随园老人，今浙江人。袁枚是乾嘉时期著名的诗人，主张“性灵说”，也就是主张直抒胸臆，写出自己的主张。袁枚的骈文中也可见他的这种性灵之说。于景祥先生对袁枚骈文的评价就是：“袁枚仗才使气，自然活脱，所以叙事则轻快流转，议论则座上生风，抒情则更为动人。”如赞美兰之高洁品性的《秋兰赋》：

秋林空兮百草逝，若有香兮林中至。既萧曼以袭裾，复氤氲而绕鼻。虽脉脉兮遥闻，觉熏熏然独异。予心讶焉，是乃芳兰。开非其时，宁不知寒？

于焉步兰陔，循兰池，披条数萼，凝目寻之。果然兰言，称某在斯。业经半谢，尚挺全枝。啼露眼以有待，喜采者之来迟。苟不因风而枨触，虽幽人其犹未知。于是舁之萧斋，置之明窗。朝焉与对，夕焉与双。虑其霜厚叶薄，党孤香瘦，风影外逼，寒心内疚。乃复玉几安置，金屏掩覆。虽出入之余闲，必褰帘而三嗅。谁知朵只七花，开竟百日。晚景后凋，含章贞吉。露以冷而未晞，茎以劲而难折。瓣以敛而寿永，香以淡而味逸。商飙为之损戚，凉月为之增色。留一穗之灵长，慰半生之萧瑟。

予不觉视心布覆，深情容与。析佩表洁，浴汤孤处。倚空谷以流思，静风琴而不语。歌曰：“秋雁回空，秋江停波。兰独不然，芬芳弥多。秋兮秋兮，将如兰何！”

◎（清）郑板桥《墨兰图》

文中没有用典，藻饰也较少，读来清新明快，自然流畅。文中对偶句有三字对、五字对，也有六字对，但四六对已很少，这是四六文发展到清代的一个变化。从题材上来看，宋代以来骈文主要用在书、奏、制、表等领域，较少用于自然景物之描绘、个人悠闲自适心情之抒写，袁枚写景状物之赋对清代骈文题材和风格的变化有一定影响。

汪中，字容甫，今江苏人。汪中少时好学，无奈家贫，后为一书商做佣人，才有机会博览群书。他在哲学、史学、文学方面都有一定成就，所作骈文在清代骈文中被誉为格调最高。二十七岁时汪中所作《哀盐船文》，对扬州江面渔船失火的场景作了形象的描述，杭世骏读后非常赞赏，评其“惊心动魄，一字千金”。

具体看《哀盐船文》中对火灾惨状的描写：

于斯时也，有火作焉。摩木自生，星星如血。炎光一灼，百舫尽赤。青烟睒睒，熛若沃雪。蒸云气以为霞，炙阴崖而焦爇。始连樯以下碇，乃焚如以俱没。跳踯火中，明见毛发。痛謈田田，狂呼气竭。转侧张皇，生涂未绝。倏阳焰之腾高，鼓腥风而一吷。洎埃雾之重开，遂声销而形灭。齐千命于一瞬，指人世以长诀。发冤气之焄蒿，合游氛而障日。行当午而迷方，扬沙砾之嫖疾。衣缯败絮，墨查炭屑，浮江而下，至于海不绝。

亦有没者善游，操舟若神，死丧之威，从井有仁，旋入雷渊，并为波臣。又或择音无门，投身急濑，知蹈水之必濡，犹入险而思济。挟惊浪以雷奔，势若脐而终坠。逃灼烂之须臾，乃同归乎死地。积哀怨于灵台，乘精爽而为厉。出寒流以浃辰，目睊睊而犹视。知天属之来抚，憗流血以盈眦；诉强死之悲心，口不言而以意。

若其焚剥支离，漫漶莫别，圜者如圈，破者如玦。积埃填窍，攦指失节。嗟狸首之残形，聚谁何而同穴？收然灰之一抔，辨焚余之白骨。

呼呜哀哉！且夫众生乘化，是云天常。妻孥环之，绝气寝床，以死卫上，用登明堂，离而不惩，祀为国殇。兹也无名，又非其命，天乎何辜，罹此冤横！游魂不归，居人心绝。麦饭壶浆，临江呜咽。日堕天昏，凄凄鬼语。守哭迍邅，心期冥遇。惟血嗣之相依，尚腾哀而属路。或举族之沉波，终狐祥而无主。悲夫！丛冢有坎，泰厉有祀，强饮强食，冯其气类。尚群游之乐，而无为妖祟！人逢其凶也邪？天降其酷也邪？夫何为而至于此极哉！

这篇哀祭之文写于乾隆三十五年（1770），当时扬州仪征县江面上盐船失火，有一百三十艘船被毁，死伤一千四百多人，而正在扬州探亲的作者目睹了这幕人间惨剧后，以极其沉痛的心情写了这篇文章。文章对大火中船民垂死挣扎及死后江面残骸白骨的各种凄惨景象的描绘令人悲痛难抑。从骈文角度来看，句式整齐，音律和谐，骈散兼行，流转舒畅，语言典雅又不显刻意藻化。刘台拱在《遗诗题辞》中评汪中骈文："钩贯经史，熔铸汉唐，闳丽渊雅，卓然自成一家。"

洪亮吉，字君直，一字稚存，号北江，后改更生居士，今江苏人。洪亮吉精于史地和声韵、训诂之学，善于写诗及骈体文，写诗也是强调"自写性情"，爱好游览名山大川，有不少山水诗传世。洪亮吉在骈文方面也较有成就，于景祥先生认为其骈文成就在清代是"罕有其匹，与汪中同为清代骈文中的两颗巨星。其骈文情词兼备，尚奇仗气，加之思捷才俊，学问渊博，风格多样，姿态横生"。如其《送汪剑潭南归序》前两段文字：

夏序忽来，独居已觉。絺裘屡更，杂以风雨，昼长宵短，兴寐不定。置鸡于窗，将以警旦，乃复鸣夜；笼灯于牖，所藉烛暗，不觉防月。意绪乖违，跬步错失，贻讯侪辈，匿笑臧获。

盖自子欲归已不怿，累日幽忧不已，将成疢疾。继而念之吾与子，食桐江之鱼，弃子悉已成鲤；擘山院之果，遗核又复抽林。盖山川悠悠，言笑宴宴，不自知元思之减，华色易丑也。且吾与子得，曜影数纪，振响十步，中下之士，乐与齿序。瓜桃之戚，识其嗜好。闭户以处，雄长婢仆；出室而游，亦有处所。无昧于明，以视日星；不跛于履，以羞厚地。握管径寸，上溯结绳；申纸逾尺，下穷倚杵。自谓斗毛角而俊，视植物而灵者矣。何必移原隰之草，萃于一邱；招高下之鸟，同栖一树，始欣欣合色，喈喈均响哉？

首段文字整齐，全以四字成句，第二段则长短错落有致，使文章在形式上富于变化而不显得单调。内容是送友南归，一般来说，这样题材的骈文大多是伤感之作，表现作者与朋友的友谊如何深厚，朋友离去是如何伤心不舍等。洪亮吉的骈文不愧是“风格多样，姿态横生”，从回忆往昔与朋友相处的种种事迹来表现与友人之间的深厚情谊，可谓“立意新颖”。

◎（明）钱穀《送别友人图》

3. 清代后期

清代后期，尤其道光、咸丰之后，随着资本主义势力的不断入侵，西方列强开始了对中国的直接掠夺和侵犯。面对列强的侵犯，中国政府并不是想着如何抵抗，加之西方武器确实先进，故而清政府一再失败。现在仍有西方学者在讨论亚洲人是否能思考的问题，其实中国的学者早就开始思考了。他们在思考他们学习的经、史、子、集的作用在哪里，他们在思考泱泱大国为何会败给远道而来的几个弹丸小国，因而他们想到了一个“师夷长技以制夷”的方法。这样的思考与为之努力而做的改变，在文坛上也产生了重要影响，那就是文学要为现实服务。这一时期文学作品的重要特征是现实感较强，当然骈文也不例外。这一时期，金应麟的骈文就是这方面的代表。

◎ 咸丰皇帝朝服像

金应麟，字亚伯，今浙江人。道光年间进士，经常议论时局，揭露弊政，抨击统治的腐败，上疏建议整顿军备废弛、革除水兵积弊、整顿海防等。金应麟博览群书，学识渊博，并且擅长骈文，是一位有着强烈的爱国主义精神的骈文作家。如金应麟愤怒揭露鸦片战争中英军暴行的骈文《哀江南赋》，下面看其描写英军洗劫镇江的惨景：

建业燔鱼，润州罢弩。赤乌夹日而飞，朱雀当航而舞。扬伏鳖之精芒，起积尸之臭腐。星辰为之动摇，山岳为之震怒。吴云鹊角之千行，楚火骊山之一炬。……三里五里，千魂万魂。骷骸逐渡，磷火焚林。白杨乌悲夫暮雨，青枫鬼唱乎秋坟。霜棱棱而欲下，天惨惨而将冥。门复门兮卧豺虎，闾复闾兮啼鼯鼪。

短短一百多字，足以激起人们对侵略者的切齿痛恨，是他们制造了这惨绝人寰的场面："千魂万魂""骷骸逐渡""霜棱棱而欲下，天惨惨而将冥"。此文虽有模仿庾信《哀江南赋》之迹，但情感真挚，对偶工整，对于发展到清代的骈文来说，也是优秀之作。

骈文发展至清，虽然出现了复兴之景象，但毕竟不能扭转其衰亡的必然趋势。对于清代之后的骈文，虽偶有人作，但已在逐步退出文学创作和应用领域，故论骈文就讲到清代。

（四）骈文与八股文

八股文是明代科举考试所规定的一种特殊文体，由破题、承题、起讲、入手、起股、中股、后股、束股八部分组成，故称八股文，也称“时文”“时艺”“制艺”“制义”“八比文”“四书文”等。八股文源于宋代的经义。经义是宋代科举考试的一种文体，即以经书中的文句出题，应试者写文章来阐释其中包含的义理，这时对于文章的格式还没有严格的限定，明代才形成特定的程式。

八股文与骈文有什么关系呢？这要看八股文的内容了。从顾炎武《日知录·试文格式》中的一段材料可以看出：

◎ 顾炎武

经义之文，流俗谓之八股，盖始于成化以后。股者，对偶之名也。天顺以前，经义之文，不过敷演传注，或对或顺，初无定式，其单句题亦甚少。成化

> 二十三年会试《乐天者保天下》文，起讲先提三句，即讲乐天四股，中间过接四句，复讲保天下四股，复收四句，再作大结。弘治九年会试《责难于君谓之恭》文，起讲先提三句，即讲责难于君四股，中间过接二句，复讲谓之恭四股，复收二句，再作大结。每四股之中，一反一正，一虚一实，一浅一深（亦有联属二句、四句为对，排比十数对成篇，而不止于八股者）。其两扇立格（谓题本两对，文亦两大对），则每扇之中，各有四股，其次第之法，亦复如之。故今人相传，谓之八股。

从这段文字可以看出，八股文受到骈文的影响，是一种骈散结合的文体，不过它既失去了散文的灵活，又失去了骈文原有之形式。

提到八股文，我们的第一反应大多是科举时代坑害读书人的一种文体，严格的形式限制了自由发挥等。明代八股文产生并能兴盛一时，自然也有它存在的价值。黎锦熙在《国语运动史纲》中说："明初八股文渐盛，这却在文坛上放一异彩，本是说理的古体散文，乃能与骈体诗赋合流，能融入诗词的丽语，能袭来戏曲的神情，实为最高稀有的文体。"周作人也赞叹："八股不但是集古今骈散的菁华，凡是从汉字的特别性质演出的一切微妙的游艺，都包括在内，所以我们说它是中国文学的结晶。"这些说法不免有些夸张，但在明代骈文衰落不振的情况下，产生了一种吸收“骈散菁华”的新的文体，确实有它的时代性与合理性。八股文产生之初也出现了一些以八股闻名的士人学子，如八股文作得较好的有胡思泉、归有光、王鏊等。现以王鏊的《百姓足君孰与不足》为例来看八股文：

民既富于下，君自富于上。（破题）

盖君之富藏于民者也。民既富矣，君岂有独贫之理哉？有若深言君民一体之意以告哀公。（承题）

盖谓：

公之加赋，以用之不足也。

谷足其用，盍先足其民乎！（原起）

诚能

百亩而彻，恒存节用爱人之心；

什一而征，不为厉民自养之计。

则：

民力所出，不困于征求；

民财所有，不尽于聚敛。

闾阎之内，乃积乃仓，而所谓仰事府育者无忧矣。

田野之间，如茨如梁，而所谓养生送死者无憾矣。（前股）

百姓既足，君何为而独贫乎？（过接）

吾知：

藏诸闾阎者，君皆得而有之，不必归之府库而后为吾财也。

蓄诸田野者，君皆得而用之，不必积之仓廪而后为吾有也。

取之无穷，何忧乎有求而不得？

用之不竭，何患乎有事而无备？

牺牲粢盛，足以为祭祀之供；玉帛筐篚，足以资朝聘之费。借曰不足，百姓自有以给之也，其孰与不足乎！

饔飧牢醴，足以供宾客之需；车马器械，足以备征伐之用。借曰不足，百姓自有以应之也，又孰与不足乎！（后股）

吁！彻法之立，本以为民，而国用之足，乃由于此，何必加赋以求富哉！（大结）

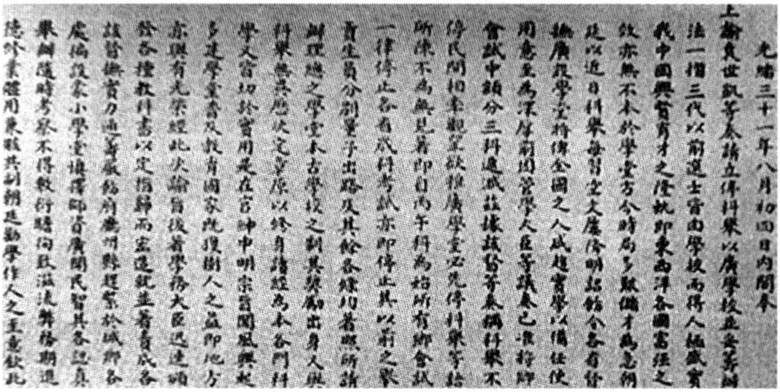
光緒三十一年八月初四日內閣奉
上諭袁世凱等奏請立停科舉以廣學校並妥籌辦
法一摺三代以前選士皆由學校而得人極盛實
我中國興賢育才之隆軌即東西洋各國富強之
效亦無不本於學堂方今時局多艱儲才為急朝
廷以近日科舉每習空文屢降明詔飭令各省督
撫廣設學堂將俾全國之人咸趨實學以備任使
用意至為深厚前因管學大臣等議奏已准將鄉
會試中額分三科遞減茲據該督等奏稱科舉不
停民間相率觀望欲推廣學堂必先停科舉等語
所陳不為無見著即自丙午科為始所有鄉會試
一律停止各省歲科考試亦即停止其以前之舉
貢生員分別量予出路及其餘各條均著照所請
辦理總之學堂本古學校之制其獎勵出身又與
科舉無異歷次定章原以修身讀經為本各門科
學又皆切於實用是在官紳申明宗旨聞風興起
多建學堂普及教育國家既獲樹人之益即地方
亦與有光榮經此次諭旨著學務大臣迅速頒
發各種教科書以定指歸而宏造就並著責成各
該督撫實力通籌嚴飭府廳州縣趕緊於城鄉各
處徧設蒙小學堂慎選師資廣開民智其各認真
舉辦隨時考察不得敷衍瞻徇致滋流弊務期進
德修業體用兼賅共副朝廷勸學作人之至意欽此

◎ 清朝光绪帝废除科举的谕旨（局部）

这篇八股文中对偶的文句相当工整，文中说理透彻，议论精当，气势舒紧有度，一气呵成，实则一篇优秀的八股文。文中对偶的运用显然是受骈文的影响，但明代骈文形式僵化，不见优秀的作品问世，八股文能吸收骈文的精华部分用于另一种文体，创作出优秀的作品，也是八股文对文学发展的贡献。

不可否认，像王鏊这样的八股文实在无可批驳，但是发展到后来，其弊就大于利了。形式上的严格和僵化，甚至字数上都有要求和规定，读书人就成了背书和考试的机器。对于八股的弊端，本书也就无须多说了。

参考书目

1. 莫道才:《骈文通论》,广西教育出版社1994年版。
2. 姜书阁:《骈文史论》,人民文学出版社1986年版。
3. 尹恭弘:《骈文》,人民文学出版社1994年版。
4. 于景祥:《中国骈文通史》,吉林人民出版社2002年版。
5. 刘麟生:《中国骈文史》,东方出版社1996年版。
6. 吴云:《历代骈文名篇注析》,天津古籍出版社2008年版。
7. 钱济鄂:《骈文考》,新加坡木屋学社1994年版。
8. 谢无量:《骈文指南》,中华书局1931年版。
9. 张仁青:《中国骈文发展史》,台湾中华书局1970年版。
10. 瞿兑之:《中国骈文概论》,世界书局1934年版。
11. (南北朝)刘勰:《文心雕龙》,上海古籍出版社2008年版。
12. 范文澜:《文心雕龙注》,人民文学出版社1958年版。